作文自學班

我寫的人物

中華教育

責任編輯：練嘉茹
裝幀設計：小　草
排版：賴艷萍
印務：劉漢舉

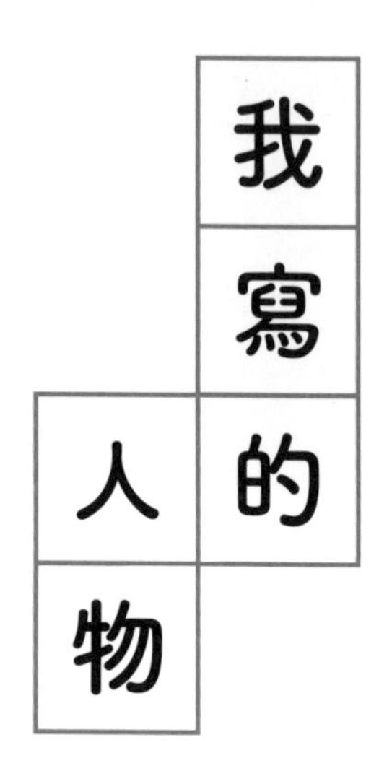

出版／中華教育

香港北角英皇道 499 號北角工業大廈 1 樓 B

電話：(852) 2137 2338 傳真：(852) 2713 8202

電子郵件：info@chunghwabook.com.hk

網址：http://www.chunghwabook.com.hk

發行／香港聯合書刊物流有限公司

香港新界荃灣德士古道 220-248 號

荃灣工業中心 16 樓

電話：(852) 2150 2100 傳真：(852) 2407 3062

電子郵件：info@suplogistics.com.hk

印刷／美雅印刷製本有限公司

香港觀塘榮業街 6 號海濱工業大廈 4 字樓 A 室

版次／ 2018 年 10 月第 2 版

2023 年 4 月第 3 次印刷

規格／ 32 開（210mm x 148mm）

ISBN ／ 978-988-8513-96-3

目錄

序一

靈感哪裏來？

我是一個兒童文學創作人，經常會與小讀者見面，這些可愛的小粉絲們，往往以仰慕的眼神望着我，不勝疑惑地問：「你寫那麼多作品，靈感從哪裏來啊？」

「來自生活！」我簡單直接地回答。

靈感來自生活？對！首先訓練自己有一雙敏銳的眼睛，留心觀察周圍的人和環境，你會發現一些別人看不到的事物或現象。如果你用心記下來，用筆記本速寫下來，用照相機拍下來……日積月累，便成為寫作的素材，是一個採之不盡的靈感寶庫。

我寫《奇異的種子》，因為我曾經親手把一粒粒芝麻般大小的番茄種子，嘔盡心血地將它們栽種成枝繁葉茂的植物，而且結出纍纍的鮮紅番茄。

我寫《會哭的鱷魚》，因為八十年代的沙田城門河污染得很厲害，我為此心痛，便化身成一條哭泣的鱷魚，引起小讀者對環境的關注。

我寫《一個快樂的叉燒包》，因為我看到兒童文學家何紫先生吃叉燒包時面上流露出的滿足感，這份吃的快樂感染了我。我想像自己是這個叉燒包，感受到食物帶給人的快樂，因此我樂意做一個快樂的叉燒包。

收集在中華書局出版的《作文自學班》系列三冊中的一百多篇文章，分為人物、遊記和景與情，都可以說是「生活寫作」，靈感來自小作者的生活經驗，加上想像力，配合寫作技巧，篇篇具有創意，是一次難得的佳作展示。我很欣賞！

嚴吳嬋霞

獲獎兒童文學作家及資深出版人
香港親子閱讀書會會長
香港兒童文藝協會名譽會長

序二

靈感這裏找！

從前，城中有句熟話：「人生有幾多個十年，最緊要過得痛快！」

但在快樂的校園裏，學生最不痛快的是上作文課，每次看見黑板上的題目時，總是不知如何下筆，不是左顧右盼，便是偷偷地與鄰座的同學談話。時間不知不覺地溜走，到快要下課的時候，有些同學只能趕快草草了事，勉強交出一篇沒有內容、沒有條理、字數不足的文章，有些甚至拖延一兩天也交不出來。

同樣，老師每次收到這些作文後，也十分煩悶，面對要批改一大疊內容空洞、枯燥乏味的文章，其不痛快處實在難以言表，可是這工作卻周而復始，永遠停不了。

中華書局出版的《作文教室》，收集了很多篇小學生的優秀作品，分類有記敘文、描寫文、實用文和創意寫作，共有120位小作者，是一輯很好的作文示範系列書籍，小讀者閱後思維必會擴闊不少。此系列出版不久，便榮登十大暢銷書榜。

有了上一輯成功的經驗，中華書局再接再厲推出《作文自學班》，內容共分三冊：《我寫的景與情》寫四時怡人景色，不論晴天雨天，都令人喜愛；《我寫的人物》把人物刻畫入微，描寫得淋漓盡致；《我寫的遊記》帶我們遊覽了不少地方，令人流連忘返。當中有名師對每篇文章作出點評與批改，也有總評與寫作建議，最難能可貴的是，每書設有多個「作文加油站」，內裏提供「詞彙寶盒」、「佳句摘賞」、「寫作小錦囊」及「互動訓練營」。相信只要用心閱讀，讀者的作文技巧便會大有進步。倘有家長從旁提點，收效將會更大。老師如在作文課中引用作範文講授，定能令學生如獲明燈指引，文思敏捷。

語云：「開卷有益。」選讀《作文自學班》能幫助讀者充實自己，加添創意。作文成績一向理想的同學，可以精益求精，百尺竿頭，更進一步；成績一般的同學經過加油，以後作文的時候，便能得心應手，痛快得多了。

謝振強

謝振強

聖公會基顯小學前總校長（1975-1997）

聖公會呂明才紀念小學前總校長（1997-2005）

聖公宗（香港）小學監理委員會總幹事

聖公宗（香港）小學監理委員會《春雨》季刊主編

 謝謝您，媽媽

學校：九龍塘宣道小學
年級：小五
作者：黃穎言

作文

我最想感謝的人是媽媽。

媽媽一雙眼睛清澈明亮，鼻樑上架着一副眼鏡，唇紅而齒白，頭髮烏黑鬈曲。

她性格溫柔，和藹可親，總是給予我無微不至的照顧，稱得上是一位好母親。

媽媽的奉獻精神令我感動。從我出生開始，她便付出精力，一直努力養育我。她那溫柔的性格，讓我長進不少。我犯了錯，她從不會狠狠地罵我，只會耐心勸誡我。現在，我稍微懂點事，這也是全賴媽媽以「溫柔」培訓出來的。

點評

- 開門見山，點出自己最感謝的人。
- 注意肖像描寫的順序，頭髮的描寫應該放在最前面。
- 寫媽媽的外貌及溫柔和藹的性格。
- 寫媽媽對「我」的養育之恩。
- 此處與開頭部分內容重複，最好壓縮篇幅或與上段合併，總寫媽媽對「我」生活上的照顧與思想上的教育。

記得有一次，我病倒了，媽媽整晚沒有睡覺，只待在牀邊看護着我，細察我的病情有沒有轉差。第二天早上，我肚子餓，媽媽雖然累透了，但仍堅持為我做早餐。我深深地感受到了媽媽不求回報的奉獻精神。

- 寫生病時媽媽對「我」的照顧。
- 徹夜不眠看顧「我」、雖累卻堅持為「我」做早餐兩件事，選材典型，不過應着力描寫，可寫媽媽的語言及神情、動作等，也可寫自己的心理。

還有一次，我因為沒有努力溫習功課而在測驗中只得到七十多分，媽媽看看測驗卷後，不但沒有責備我，反而勸誡我要努力溫習，希望我在下一次測驗中得到較高的分數。

- 寫考試失利後媽媽對「我」的勸誡與期望。
- 問題同上段，應將敘述內容以描寫來表達。

我十分感謝媽媽對我所做的一切。媽媽，謝謝您！您付出心血和力量，令我從病中康復，為我鋪出人生正確的道路。我長大後，要像一個守護您的小僕人，看顧着您，為您服務。媽媽，您永遠是我最感謝的人。

- 總結全文，感謝媽媽對「我」的付出及自己的感恩。
- 對媽媽的感恩之言十分真摯。

本文主要寫了媽媽對「我」無微不至的養育和照顧。

文章情感真摯，選材典型，不過小作者在語言上還有較大問題，詞彙量小，文中往往出現語詞的重複。要改正的話，增加閱讀量與拓展閱讀範圍是必要的，應不斷積累詞彙，以提高遣詞造句的能力。記住一點：文字既要能準確地傳遞思想和情感，還要抓住讀者尋求新奇的心理特點，在選詞時注意「咬文嚼字」，選擇最恰當的形容詞、動詞、副詞、連詞等來表達自我。

關於人物細節的描寫是不可缺少的，小作者應嘗試用「鏡頭式」的描寫來表現人物。如「媽媽看看測驗卷後，不但沒有責備我，反而勸誡我要努力溫習」，若能改寫如下，是否效果更佳？

我把測試卷遞給媽媽，心裏忐忑不安，考試前媽媽叮囑我好好復習，可我根本沒聽進去，結果會做的題目也做錯了。她拿着試卷，看了一下分數，沒有說話，只是低着頭仔細地看每道錯題，這才抬頭問我：「都是不會做的嗎？」我不敢看她的眼睛，就怕看到她失望的眼神，小聲回答：「不是的……是因為沒有好好復習才錯了。」「那就不怕了，下次還可以努力呀！」她很快說道，「媽媽相信你。」我看着媽媽，她真的沒有生氣，眼睛裏全是對我的信任和鼓勵。看到媽媽的眼睛，我越發覺得慚愧，也更堅定了決心，下次一定要好好溫習！

那天使般的微笑——我的好姊妹

學校：九龍塘宣道小學
年級：小五
作者：楊昀霖

作文

我的好姊妹戴着一副小眼鏡，烏黑的頭髮不長不短。我的好姊妹更有一顆善良的心。要問她是誰？她便是比我高一級的同學陳穎。

陳穎最喜歡幫助和關心別人，經常把我不開心的事掛在心上，希望能幫我解決問題。

有一次，我們在自修室等候校車時，我餓得要命，可是沒有東西吃，肚子發出「咕咕」的聲音，好像正在叫：「救命！請餵我吧。」

陳穎知道我肚子餓，便遞了幾塊美味的餅乾給我吃。我問她：

點評

- 肖像描寫開頭。
- 量詞使用準確。
- 總寫陳穎樂於助人。
- 三、四、五段寫肚子餓時陳穎給「我」吃餅乾，表現她的善解人意。
- 運用擬人手法寫肚子餓得直叫，生動形象。

「為甚麼你知道我肚子餓？」她只向我微笑，沒說半句話。

我又問：「是否因為我們『心靈相通』？」她終於有反應了，點了點頭。我和她都笑了起來，彼此心照不宣。

● 寫出了朋友之間的默契和溫馨。

還有一次，那天是數學測驗日。糊塗的我竟忘記了帶橡皮上學。

● 六、七、八段寫陳穎借給「我」橡皮。

當我登上校車後，便問同學可否借給我橡皮，他們都說不行。那時，我十分焦急，不知所措。

在我情緒最低落的時候，一張熟識的笑臉又在我眼前出現了，她說：「借給你吧！我們六年級只用圓珠筆。」我點點頭。

● 以其他同學的冷漠對比陳穎的善良與熱心。

陳穎，我的好姊妹，我不會忘記你那天使般的微笑。你就像我的親姊妹一樣了解我、關心我、幫助我。我要向你說聲：「謝謝！」

● 表達對陳穎的感謝。

本文的中心是寫好姊妹陳潁對「我」的關心和幫助。

小作者成功地抓住了人物「微笑」的特點來表現她善解人意、樂於助人的個性。文章題目本就是「那天使般的微笑」，所以有兩點需要修改：第一，開頭的肖像描寫可否突出「微笑」這一點來寫？第二，後文的三次微笑應寫出「天使」的感覺才算是切題的。如將第四段中「親切地遞」、「只向我微笑，沒說半句話」兩處描寫聯繫起來，可以突出「天使」的溫馨和關懷。七、八兩段形成對比，在山窮水盡之時，突然得到陳潁的幫助，是否能體現她「天使」的特性？所以該處對於自己心理活動的描寫是必要的。

文章結構佈局很合宜，脈絡十分清晰，但是語言還需要潤色，如能在完成文章後反覆誦讀，語言上一些局部的小毛病是可以避免的。

對您說聲謝謝，爸爸

學校：九龍塘宣道小學
年級：小五
作者：黎希平

作文

爸爸有一張方方的臉，蓄小平頭，有一個像大鼓一樣的肚腩，拍一下還會發出非常響亮的聲音。您雖然性格有些急躁，但是不失溫和，樂於助人。

記得有一次，我生病了，不能回校上課。您走進我的房間，拿着一枝擦得發亮的溫度計，把它放進我那大大的嘴巴裏，驀地，那枝含在口裏的溫度計就如被注射了能量劑一樣，不斷上升。您看到這個情況，馬上帶我去看醫生，又給公司打電話，請了半天假來陪伴我。

看完醫生，您帶我回家。回到家裏，您立刻關照我要服藥，然

點評

- 首段總寫爸爸的肖像和性格。
- 以鼓比喻肚子，很形象，引發讀者聯想。
- 二、三段寫生病時爸爸對「我」的照料。
- 應以爸爸的表現為主要寫作內容，選材應注意。「擦得發亮」、「大大的嘴巴」、「如被注射了能量劑」有些誇張，讓人感覺有些滑稽。

後才可休息。一向害怕吃藥的我，由於不想吃藥，便坐在飯桌旁呆了數分鐘。您見狀，便立刻拿了一盒餅乾過來，囑咐我先吃些甜餅乾再吃藥。藥不那麼苦了，我吃了下去。

又有一次，我數學考試不及格，我以為您看到我的試卷，會十分生氣，但您不但沒有生氣，反而用雙手有力地擁抱我，用溫和的話語安慰我。您給我的那份溫暖和關愛湧進了我的心裏，令我的臉上露出了一直隱藏在心裏的笑容。

- 寫考試失利後爸爸對「我」的安慰。
- 見到考卷，「我」的心裏有甚麼想法？
- 為甚麼自己的笑容會「一直隱藏在心裏」不能向爸爸表露？

爸爸，感謝您，您在我生病時看顧我，您在我失落時鼓勵我，您給了我信心與溫暖；將來，我會找一份好工作來報答您、孝順您、敬愛您。

- 寫感謝爸爸給予「我」的關懷。
- 此處抒情很真摯。

爸爸，非常感謝您讓我得到無比的幸福！

本文主要寫爸爸對「我」的照顧和安慰。

寫人最重要的是將其獨特的個性特徵表現出來，站在孩子的立場來看，爸爸的關懷和安慰是印象最為深刻的，本文表現的正是這樣的內容。

文章結構完整，描寫比較細膩，抒情也很真摯，但細節處還有些毛病。

如爸爸的肖像描寫與表現爸爸的性格特徵是否有關聯？如果只是為了寫而寫，所寫的內容與中心無關，那麼這樣的內容就應刪去。

另外，主體部分所寫的兩件事既有以敍述代替描寫的常見問題，還有情感表達過頭的現象。開頭說爸爸性格急躁，但是後文中表現的卻是他的溫柔，那麼在他給「我」量體溫、囑咐「我」吃藥，擁抱「我」的時候，他的表情是怎樣的？是否與平時不同？如果開頭對爸爸平時的急躁有些表述，那麼有哪些具體表現可作對比？因為某些內容交代不清，所以一些情感的表達才會顯得突兀，讓人生疑，如：「令我的臉上露出了一直隱藏在心裏的笑容」。推想也許是平日裏的爸爸總是很暴躁的樣子，才會讓小作者對於爸爸偶爾流露出的溫柔關懷如此激動。那麼，相關內容是否應在前文出現，作為伏筆和鋪墊呢？若能如此，相信本文一定會更加真實感人！

給國家主席的一封信

學校：仁愛堂田家炳小學
年級：小五
作者：李欣悅

作文

點評

敬愛的國家主席胡錦濤先生：

● 稱謂。

您好！

● 問候語。

● 書信的格式正確。

我是仁愛堂田家炳小學學生李欣悅。今天從電視裏看到頗具風采的您，很想給您寫一封信，向您訴說我的心裏話。

● 介紹自己，同時簡單說明為甚麼要給胡主席寫信，從而巧妙地引起下文。

謝謝您一直以來對中國的貢獻。我很欣賞您的處事態度，您面對任何困難，都不畏懼，並且會馬上和其他官員協商解決的方法。金融海嘯突襲全球，您認真地與其他大國領導人商討救市方案，為紓解世界經濟困局做出了不懈的努力。

● 寫自己欣賞胡主席不畏困難的處事態度。

我很欣賞您對國家和人民的

● 寫自己欣賞胡主席對國民同胞的愛護。

愛護，您視每一位中國同胞為自己的親人。早前發生汶川大地震，您馬上派出大量醫護人員到災區拯救傷者，並撥出龐大的資金協助重建汶川。您英明果斷的領導，使災民能儘快得到適當的救治，得到一個安全的容身之所。您更不畏艱辛，不怕危險，親自率領官員視察災情，鼓勵傷者，您的表現，感動了每一位中國人，您對國家事務的認真態度，我們都會銘記心中。

- 表述很流暢、生動。
- 「不畏艱辛」與上段內容重複，應刪去或歸入上一段。

胡主席，我們是因為您，紛紛拿出自己的零用錢，為汶川人民捐款；我們是因為您，爭相獻血，拯救傷者；獲救的災民，也因為您自發組成志願團體，希望能夠儘快重建家園。

- 寫胡主席的行為對大家的感召。
- 通過大家的行動，表現了胡主席的感召力，側面反映了人物愛國愛民的特點。
- 這裏運用了排比修辭，增强了感染力，但有疑問：難道大家都是因為胡主席才向災民伸出援手的？不夠真實。

身為龍的傳人，對於國家有一個愛民如子的好主席，我們感到萬分驕傲。我要以您為榜樣，做一

- 寫自己的愿望。
- 用詞準確。

個愛國愛民、做事認真的人。

祝身體健康！ ●祝語。

仁愛堂田家炳小學學生 ●落款。

李欣悅　敬上 ●格式正確。

二零零九年二月二十日

總評及寫作建議

本文以書信形式寫了「我」對當時的國家領導人胡主席的欣賞和胡主席的行為對我們的感召。

寫作對象是只能從電視屏幕上了解到的國家主席，難度很大，但小作者選擇了書信的形式來寫胡主席，既特別又拉近了與對象的距離。

主體段落先寫胡主席不畏艱難的處事態度與對國民的愛護之心，再以國民的行為寫胡主席的感召力，「正側結合」的手法恰如其分地表現了人物的特點。不妥處在於段落與段落的關係不明晰，段落內部層次不清。(見前面的點評)

儘管只能在電視屏幕上見到胡主席，還是可以對「親自率領官員視察災情，鼓勵傷者」等「表現」進行具體描述的，寫人物一定離不開肖像、語言、動作等描寫，哪怕只是一個動作、一個表情，也可以給讀者留下深刻的印象。

語言方面，本文用詞準確，文字流暢，讀來一氣呵成。

5 我家的「彩雀」

學校：仁愛堂田家炳小學
年級：小五
作者：梁嘉怡

作文

我家有五個成員：和藹可親的媽媽、英俊瀟灑的爸爸、青春無敵的我、老當益壯的外公和新潮時髦的「彩雀」——外婆。

我是由外婆帶大的。小時候，聽見街坊都稱外婆「彩雀」，我還以為這是她的名字。直到幾年前，我才知道，原來，這是別人給她取的外號！外婆雖然已經七十多歲了，但衣着打扮十分入時。有一次，我們一家人上茶樓喝茶，大家穿着拖鞋、襯衫和牛仔褲，一身「街坊裝」便出門了。可是，外婆一踏進茶樓，便成為全場的焦點——她穿着一件釘滿耀眼珠片的上衣、

點評

- 首段總體介紹五個家庭成員。
- 介紹家人，修飾詞雖程式化卻顯得十分幽默，令人印象深刻。
- 由外婆的外號「彩雀」入手，寫年過七旬的外婆衣着打扮是如何的入時。
- 服飾描寫，對比大家的隨意，外婆的時尚的確讓人驚訝又歡喜。

一條貼身牛仔褲、一雙尖頭靴子，再加上一對誇張的大耳環，看得大家都呆了。

● 通過眾人的反應，襯托外婆的打扮出人意料。

人家的外婆都愛到公園耍耍太極拳，我家的外婆卻最愛逛街。每次她到商場，總要走進青年人的時裝店看一看，所以她是不少時裝店的「熟客」。有時候，她更會買些關於時尚打扮的日本雜誌呢！

● 寫外婆的特殊愛好：逛街，且關注時尚。

● 運用對比，描寫外婆的行為。

● 轉折詞與副詞的使用，突出外婆的與眾不同。

有時候，我們也覺得外婆的打扮太「彩雀」了，所以會勸她不用穿得那麼突出，可她總是說：「哎呀！你們懂甚麼？這叫跟上潮流。你們不打扮，才是跟不上潮流啊！」

● 寫外婆為自己太「彩雀」的打扮辯解。

● 描寫外婆的語言，十分生動。

還記得有一次，我們去參加一個婚宴，外婆為此悉心打扮了好幾個小時。她穿了一件紫色的低胸晚裝，梳了一個髻兒，穿上了一雙高跟鞋，化上了妝，人人都稱讚她年輕得像我的媽媽，哄得她高興極

● 寫外婆悉心打扮參加婚宴，得到大家的稱讚。

● 若第一個「穿」改成「選」，「髻兒」和「高跟鞋」前再加修飾詞，可以把外婆的裝扮描述得更精彩。

了！老實說，外婆當晚真的又高貴，又優雅！作為她的外孫女，我也不禁感到自豪呢！

外婆告訴我，她小時候家境不怎麼好，沒有錢打扮，現在兒孫都長大了，倒可以享受一下打扮的樂趣了！是的，外婆，您就好好享受晚年生活吧，看見您的笑容，我便心滿意足了！

● 寫外婆愛打扮的原因及「我」的祝願。

● 由打扮的樂趣，挖掘出享受生活的內涵，以小見大。

本文描寫了一位衣着時尚、愛打扮的外婆。

小作者寫了一位十分可愛的老人，擁有「彩雀」外號的她，熱愛時尚，愛好裝扮，而且她的裝扮成功地獲得了讚譽。圍繞外婆「愛好裝扮」這一特點，文中對外婆的服飾、語言、行為進行了描寫，將這位老人的愛美之心展露無遺。

文章思路清晰，層層深入，讓我們由外而內地了解了這位愛美的老人。第二段的服飾描寫讓人眼前一亮，結合老人家的年紀，讓人對「彩雀」的外號有了很深刻的認識；第三段寫行為，第四段寫語言，更讓人覺得她人老心不老；到第五段，外婆的裝扮獲得了大家的認可，她的裝扮不僅娛樂了自己，更給他人帶來了美的享受；結尾處小作者的解說讓大家了解了老人的心願，看到這裏，讀者與小作者會產生一樣的心願：希望老人能安享晚年。

如再修改，可對倒數第二段外婆裝扮自己的過程做詳細的描寫，如：挑選服飾、梳髮髻、化妝等，來表現她對美的追求。

作文加油站

詞彙寶盒

養育　長進　勸誡　熟識　焦急　失落　安慰　急躁

寶貴　孝順　報答　風采　欣賞　畏懼　商討　困局

拯救　視察　自發　榜樣　優雅　高貴　期望　康復

守護　清晰　水汪汪　烏黑鬈曲　和藹可親　性格溫柔

無微不至　不求回報　心靈相通　心照不宣　不知所措

樂於助人　英明果斷　不畏艱辛　銘記心中　英俊瀟灑

老當益壯　新潮時髦　打扮入時　悉心打扮　心滿意足

佳句摘賞

- 她頭髮烏黑鬈曲，一雙眼睛清澈明亮，鼻樑上架着一副眼鏡，唇紅而齒白。
- 爸爸有一張方方的臉，蓄小平頭，有一個像大鼓一樣的肚腩，拍一下還會發出非常響亮的聲音。
- 我的家有五個成員：和藹可親的媽媽、英俊瀟灑的爸爸、青春無敵的我、老當益壯的外公和新潮時髦的「彩雀」—— 外婆。
- 她穿着一件釘滿耀眼珠片的上衣、一條貼身牛仔褲、一雙尖頭靴子，再加上一對誇張的大耳環，看得大家都呆了。

寫作小錦囊

寫作時，將正面描寫和側面描寫結合起來的寫作手法叫做「**正側結合**」，其中，正面描寫即直接通過對人物的肖像、語言、動作、神態、心理等方面的描寫，去表現人物的性格特點；側面描寫又叫間接描寫，是指通過對周圍人物或環境的描繪來表現和烘托所要描寫的對象，以使其鮮明突出。「正側結合」的寫作手法兼具正面描寫和側面描寫的優點，可以更全面地表現人物。

互動訓練營

1. 選詞填空：

急躁	視察	優雅	畏懼
老當益壯	不知所措	無微不至	不畏艱辛

(1) 父母對我們的關愛是＿＿＿＿＿＿＿＿的，他們含辛茹苦把我們養育成人，卻從不要求回報。

(2) 她穿着一身黑色的晚禮服，顯得高貴＿＿＿＿＿＿。

(3) 火警發生時，居民都顯得＿＿＿＿＿＿＿＿，慌亂不已。

(4) 國家領導人親自到場＿＿＿＿＿＿＿＿被暴風雨毀壞的房屋。

(5) 爺爺雖然年過七十，依然＿＿＿＿＿＿＿＿，工作熱忱一點也不輸給年輕小伙子。

(6) 雖然他個性________________，而且十分固執，可是他對小孩子們卻十分溫柔。

2. 下列哪個句子運用了「正側結合」的修辭手法？

(A) 妹妹長得很討人喜歡，鬈鬈的頭髮，忽閃忽閃的大眼睛，櫻桃似的小嘴巴，紅蘋果似的小臉蛋，真像個可愛的洋娃娃！大家見了都會搶着抱她、親她。

(B) 小敏生氣的時候總是眼睛直勾勾地瞪着你，鼓着嘴巴，一句話也不說。

(C) 姑姑很愛打扮，大家都開玩笑說她是一隻愛漂亮的孔雀。

(D) 阿捷說話的語速很快，好像打機關槍一樣。

答案：________

3. 續寫下列句子：

(A) 外公穿着________________________________。

(B) 我生病了，媽媽________________________________。

(C) 小雅和我是好朋友，我們________________________________。

(D) 我十分感謝________________________________。

(E) 我今天從電視裏看到________________________________。

6 我的姐姐

學校：仁愛堂田家炳小學
年級：小五
作者：張翰銘

作文

今天，我要介紹一個我最敬愛的人，她就是我的姐姐。

姐姐是一位運動高手，她經常在游泳和長跑比賽中奪得獎項，她出色的表現往往令其他參賽者黯然失色。同時，姐姐的學業成績也不錯，我記得她小學時成績常常名列前茅，雖然升入中學初期，姐姐由於不適應中學學習生活，成績有所倒退，但是後來經過老師的指導和自己的努力，她的成績很快就迎頭趕上，還超越了不少同學呢！

姐姐既聰明又乖巧，而且還擅長教導他人。有一次，我放學回家後，看見桌子上有八個美味的鬆

點評

- 首段總起，表達對姐姐的「敬愛」。
- 敬愛理由之一：姐姐既是運動高手又是優秀學生。
- 「黯然失色」一詞使用精當，寫出賽場上姐姐一枝獨秀的情形。
- 敬愛理由之二：姐姐聰明乖巧、擅長教導。

餅，真叫人垂涎三尺。當時我餓極了，於是一口氣吃了六個。姐姐回來後，看見只剩下兩個鬆餅，便知道我多吃了，餘下的數量不夠家人分享，於是她臉色一沉，對我講了「孔融讓梨」的故事。這件事之後，我學會了多為別人着想，不要貪心，還要好好反省自己的錯誤。

姐姐是我最敬愛的人，是我生活和學習上的好榜樣，我要向她好好學習，做個品學兼優的好學生。

- 「垂涎三尺」寫出鬆餅的誘人，「一口氣吃了六個」寫出「我」因餓而對美食難以抗拒的饞樣。
- 細節描寫表現姐姐的威嚴，不過還可以展開寫得具體一點，比如除了神態，姐姐當時還有甚麼動作和語言？
- 總結全文，姐姐是「我」的好榜樣。
- 本段首句呼應了開頭。

總評及寫作建議

本文的中心是寫優秀乖巧、值得敬愛的姐姐。

文章開頭總起，二、三段分說，結尾總結，全文首尾呼應，結構完整，思路清晰，讀來給人一氣呵成之感。

小作者詞彙量豐富，用了不少成語—黯然失色、名列前茅、迎頭趕上，來介紹姐姐，十分精煉，美中不足的是，如果能將姐姐在生活中的諸多細節一一呈現，即使沒有小作者的歸納總結，讀者也能明了姐姐到底是個甚麼樣的人。比如本文第二段，全是敍述，沒有對人物的語言動作等進行描寫；在分說姐姐值得「敬愛」時，也沒能對人物的「言談舉止、神情心態」進行描寫。

這是同學們在寫記敍文時遇到的常見問題：以敍述代替描寫。因此，學會描寫實在是寫好記敍文的必要條件。以本文為例，在寫姐姐教導「我」時，可以回想一下，姐姐發現「我」吃掉了屬於大家的鬆餅時，除了「臉色一沉」，還有沒有別的語言動作？給「我」講故事時又是怎樣的語氣聲調？表情如何？

7 我家是動物園

學校：弘立書院
年級：小一
作者：狄娜

作文

這是我弟弟，狄飛，

他是一個男孩 。

事實上呢，

他是一隻小鳥，

因為他很吵。

這是我爸爸，

他是一個男生。

事實上呢，

他是一頭豬，

因為他愛睡覺。

點評

- 寫弟弟，把他比作吵鬧的小鳥。
- 「這是」、「他（她）是」、「事實上呢」、「他（她）是」和「因為」這些詞語在全詩中反覆出現，增強了抒情性和節奏感。
- 小鳥嘰嘰喳喳愛吵鬧，把弟弟比作小鳥，抓住了人物「很吵」的特點，很形象。
- 寫爸爸，把他比作愛睡覺的豬。
- 把愛睡覺的爸爸比作豬，比喻很有趣。

這是我爺爺，
他是一位先生。
事實上呢，
他是一頭大象，
因為他很重。

● 寫爺爺，把他比作沉重的大象。

這是我媽媽，
她是一個女生。
事實上呢，
她是一隻貓頭鷹，
因為她喜歡安靜。

● 寫媽媽，把她比作貓頭鷹。

這是我婆婆，
她是一位太太。
事實上呢，
她是一隻浣熊，
因為她的家乾淨。

● 寫婆婆，把她比作浣熊。

這是我公公，
他是一位先生。
事實上呢，
他是一頭乳牛，
因為他喜歡喝牛奶。

● 寫公公，把他比作乳牛。

●「乳牛」未必「喜歡喝牛奶」，不過小作者的比喻充滿了童趣。

這是我，
我是一個女孩。
事實上呢，
我是一隻小猴子，
因為我喜歡爬樹、吃香蕉。

● 寫「我」，把自己比作喜歡爬樹和吃香蕉的猴子。

● 比喻很形象，寫出了「我」頑皮、愛吃香蕉的特点。

本文的中心是寫各具特色的家庭成員。

這是一首小詩，採用重章複唱的手法（重複使用同一詞語、句子或句羣），整齊中又有變化，抒情性強。

文章語言充滿童趣，在使用比喻修辭，將家人比作一個個動物的同時，引發了讀者的聯想，更成功地把每個人的習慣、特點展現出來，而且讓人感受到小作者與他們之間的濃濃親情，也與「我家是動物園」的題目吻合。

另外，小作者對一些動物的理解很有新意，如將弟弟比作小鳥，將媽媽比作貓頭鷹，小鳥的吵鬧和貓頭鷹的安靜都是小作者個人的認識。還有，乳牛是產奶的，未必喜歡喝奶，但小作者將公公比作乳牛，依然讓人覺得有趣。

8 栗子和橡實像嗎？

學校：弘立書院
年級：小二
作者：鍾煒伶

作文

看到爸爸小時候的照片，我發現我和爸爸長得很像，額頭都很寬。

爸爸告訴我，他小時候住在倫敦。有一年秋天，他和奶奶、姑媽一起去公園散步，看見許多栗子。他們想，這麼多栗子，要是帶回家便可以美美地吃一頓了。想到這裏，他們就高高興興地撿了滿滿一袋子帶回家。結果一吃，才發現又乾又澀，味道很難吃。原來他們搞錯了，把橡實當成是栗子了，白開心了一場！

我覺得栗子和橡實長得很不像，為甚麼爸爸會搞錯呢？

點評

- 寫「我」和兒時的爸爸相像。
- 首段和下文沒有甚麼聯繫，缺乏過渡。
- 寫爸爸童年的故事：將橡實當成是栗子。
- 使用疊詞為修飾語，很生動。
- 描寫味道。
- 感歎句表達了遺憾與無奈的情感。
- 結尾寫出自己的疑惑。

本文中心是寫爸爸小時候的一件趣事：把橡實當成了栗子。

文章很生動，在極短的篇幅裏，把一件小事寫得一波三折、趣味盎然，美中不足的是，本文在邏輯上有些奇怪。開頭寫自己在外貌上與兒時的爸爸相像，接着寫爸爸小時候把橡實當成是栗子的趣事和「我」的疑問，開頭與下文之間缺少聯繫。想來小作者是想說雖然自己與父親有血緣關係，所以看起來很像，但是並不是同一人，所以即使橡實與栗子相像，也不是同一物，何況在自己看來兩者根本不像，因此對爸爸會誤認很不能理解。要修改的話，應在一、二段之間添加聯繫彼此的內容。

通常，低年級的小同學寫作時能夠將自己內心真實的感受表達出來，這是非常好的，但也有個問題，就是會以「小孩子的邏輯」來看待世界，非常的自我，因此有時候難免出現這樣的情況：他們覺得很正常，但是讀者卻難以理解。如果能在文章中把事情的來龍去脈講得更清楚一些，注意段與段之間的聯繫，這個問題就可以解決了。

9 媽媽

學校：弘立書院
年級：小三
作者：甘睿芹

作文

媽媽的腦是計算機，

她一來，

就幫我把數學題算得又快又準……

媽媽的眼睛是珠寶，

她一來，

就到處閃閃發光……

媽媽的手是魔術師的手，

她一來，

就變出我喜歡的東西……

點評

- 寫媽媽的頭腦。
- 比喻形象。
- 寫媽媽的眼睛。
- 把媽媽的眼睛比作珠寶，很生動，表達了小作者對媽媽的喜愛。
- 寫媽媽的手。
- 把媽媽的「手」比作「魔術師的手」，很神奇。

媽媽的愛是春風，

她一來，

就吹走傷心的事……

- 寫媽媽的愛。
- 把媽媽的愛比作能吹走傷心事的春風，比喻很溫馨。

總評及寫作建議

本文通過寫媽媽的腦、眼、手和愛，刻畫出一位慈祥可親的母親形象。

以詩歌的形式，運用比喻修辭來寫媽媽，分別將媽媽的腦比作計算機，眼睛比作珠寶，手比作魔術師的手，愛比作春風，比喻形象生動。

雖然文章只是短短的四節詩，但是佈局合理，按從腦到眼再到手最後到愛的順序排列，符合邏輯。

10 我的祖父

學校：協恩中學附屬小學
年級：小四
作者：韓子蕎

作文

我們每個人都有自己的親友，我當然也不例外，親友當中有我尊重的、敬愛的、崇拜的人，我很愛他們，也很珍惜他們。雖然有些親友已經離世了，但我仍十分掛念他們。其中，我最掛念的便是我的祖父。

在眾多親友中，祖父是我最尊敬的人。他個子矮小，身材瘦削，細小的雙眼在滿頭白髮下顯得不太精神，一副厚厚的眼鏡架在挺直的鼻樑上，甚有威嚴。可惜到了晚年，他身體虛弱，需要長期和病魔作戰，以至於行動都不太方便，每次拄着拐杖艱難地踏出一步，

點評

- 開門見山，直接扣題，寫對親友的愛。
- 三個詞均表態度，不過程度不同，此處根據程度由輕而重排序，很恰當。
- 寫祖父的外貌和行為。
- 肖像描寫很成功，突出了祖父的威嚴。
- 對祖父行動不方便的描寫比較細膩。

他都要「呼哧呼哧」喘上半天。因此，他終日都坐在輪椅上，悶悶不樂地度過每一天。

- 對於祖父「悶悶不樂」的精神狀態可結合具體的事情來表現。

不幸的是，他於去年冬天離世了。我連他何時進的醫院都不知道，因為爸媽並沒有向我提及，只在他離去的當天才告知我這個消息。當時我覺得十分悲傷和失落，難過得哭了出來，腦海中浮現出我和弟弟在他跟前玩耍和聊天的情形。

- 寫祖父離世引起「我」的回憶與帶給「我」的悲痛感受。
- 「腦海中浮現」的內容應該詳寫，可讓讀者更深入了解祖父。

後來，爸媽告訴我，我們應該在親人在世時多陪伴他和關心他，讓他知道我們是愛他的。不然，待他去世後，你就會覺得悲傷和內疚，無論做甚麼都不能補救了。

- 寫祖父去世後父母對「我」的教導。
- 由祖父去世，引出要重視對於親人的關懷，既與上下段中「我」的悲傷和禱告相呼應，又提升了主題。

其實，親人對我們十分重要。因為，如果沒有了他們，我們的生活也會變得愈來愈寂寞、苦悶。現在，我經常用一些方法——比如禱告——來跟我的祖父談天，並祈求上帝在天國保佑他。

- 結尾寫自己的領悟與對祖父的祝願。
- 此處議論比較深刻，升華了主題。

總評及寫作建議

本文主要是寫祖父在世時的一些情景，以及祖父去世後「我」的悲傷和懷念。

小作者使用了很多表達情感的動詞，非常貼切，恰到好處地表達出自己真實的情感。結尾由祖父的去世，引發了對親人的感悟，從而升華了主題。

需要強調的是，寫人的記敘文，如果要增強表現力，除了恰如其分地運用表達感情的動詞，還要注意，只有將感情的抒發放在具體的事情的敍述之後，才更有感染力。

例如，本文在第二段，通過祖父的威嚴與行動不便帶來的困難的矛盾對比，揭示了祖父「悶悶不樂」的原因，具有不錯的表現力。不過如果小作者能夠多寫寫生病之前健康的祖父，哪怕是聽其他人的述說也可以，這樣或許能讓讀者對祖父的「悶悶不樂」有更清晰的體會。

這也反映出本文一個美中不足之處：對自己的遺憾懷念寫得較多，對與祖父相關的內容寫得少，修改時可將「我和弟弟在他跟前玩耍和聊天的情形」結合一兩件事具體描述出來，相信那時的祖父一定不是「悶悶不樂」的狀態，這些回憶可作為下文爸爸媽媽的道理闡釋及末尾「我」的領悟的鋪墊，利於文章感情的抒發，同時也能使讀者對祖父有更全面更深入的了解。

作文加油站

詞彙寶盒

超越　乖巧　教導　敬愛　尊重　崇拜　掛念　珍惜
尊敬　威嚴　悲傷　內疚　補救　寂寞　苦悶　禱告
祈求　失落　瘦削　滿滿地　黯然失色　名列前茅
迎頭趕上　垂涎三尺　品學兼優　悶悶不樂

佳句摘賞

- 我的姐姐是一位運動高手，她經常在游泳和長跑比賽中奪得獎項，她出色的表現往往令其他參賽者黯然失色。
- 有一次，我放學回家後，看見桌子上有八個美味的鬆餅，真叫人垂涎三尺，當時我餓極了，於是一口氣吃了六個。
- 他個子矮小，身材瘦削，細小的雙眼在滿頭白髮下顯得不太精神，一副厚厚的眼鏡掛在挺直的鼻樑上，甚有威嚴。

寫作小錦囊

用生動形象的文字，把表述對象的形象具體、貼切地描繪出來的寫作手法，叫做「**描寫**」。「描寫」又分人物描寫和環境描寫兩大類，我們主要說說「人物描寫」，它又分神態描寫、肖像描寫、動作描寫、心理描寫和語言描寫等。其中，「肖像描寫」是指對人物的外貌特徵，包括相貌、衣着、神態、體型、姿態等進行描寫，以表現人物的性格特點。《我的祖父》第二段就運用了「肖像描寫」的手法，描寫了祖父的個頭、眼睛和眼鏡，突出了祖父「威嚴」的特點。

「描寫」是記人、敍事、寫景類文章的主要寫作方法之一，作文只有通過描寫，才能做到繪聲繪色、惟妙惟肖。「肖像描寫」是寫人的重要手法，同學們要注意仔細觀察，抓住人物與眾不同的地方，突出特點。其中要注意，一是要有序，描寫時要注意順序，從上到下或從下到上都行；二是抓住重點，要突出能表現人物性格的外貌特徵，不要面面俱到、蜻蜓點水。

1. 選詞填空：

威嚴　　乖巧　　敬愛　　內疚

迎頭趕上　　名列前茅　　悶悶不樂　　黯然失色

(1) 弟弟很愛學習，成績在班上一直＿＿＿＿＿＿。

(2) 他是個＿＿＿＿＿＿的孩子，懂事又有禮貌。

(3) 在一年一度的花卉節中，牡丹的豔麗使其他花兒＿＿＿＿＿＿。

(4) 在敬師日中，我向我最＿＿＿＿＿＿的張老師送上自製的心意卡。

(5) 父親在我的印象裏既＿＿＿＿＿＿＿＿又慈愛，是個言出必行的人。

(6) 他送別即將遠行的朋友後，感到＿＿＿＿＿＿＿＿，因為不知道何時才能再相見。

2. **下列哪個句子運用了「肖像描寫」的手法？**

(A) 媽媽做事風風火火，連走路都像陣風似的。

(B) 爺爺是個大嗓門，說話時震得人耳朵「嗡嗡」直響。

(C) 她有一雙烏黑閃亮的大眼睛，眼珠總是「骨碌碌」轉來轉去，顯得很機靈。

(D) 我的心緊張得「怦怦」直跳，連呼吸都有點困難。

答案：＿＿＿＿

3. **續寫下列句子：**

(A) 聽說祖母去世了，我＿＿＿＿＿＿＿＿＿＿＿＿＿＿＿＿＿＿＿＿＿＿。

(B) 弟弟是個運動健將，＿＿＿＿＿＿＿＿＿＿＿＿＿＿＿＿＿＿＿＿＿＿。

(C) 陳老師的眼睛像X光，＿＿＿＿＿＿＿＿＿＿＿＿＿＿＿＿＿＿＿＿＿＿。

(D) 看到媽媽小時候的照片，＿＿＿＿＿＿＿＿＿＿＿＿＿＿＿＿＿＿＿＿＿＿。

(E) 在眾多親友中，我最＿＿＿＿＿＿＿＿＿＿＿＿＿＿＿＿＿＿＿＿＿＿。

11 外婆的微笑

學校：協恩中學附屬小學
年級：小六
作者：張奕愉

作文

點評

外婆終於露出了失去很久的笑容！整個故事要從一件事來說起……

● 寫外婆重現笑容，引起下文。

● 倒敍開頭，設置懸念。

以前，外婆是和舅舅一家住在一起的。那時舅舅請了一個傭人，負責照顧他們一家四口的日常飲食。可惜，那個傭人只當舅舅一家是主人，對外婆則視而不見，不僅不尊重她，還偷偷拿走了她的一些積蓄，氣得外婆七竅生煙。從那時開始，這傭人便給外婆留下了十分惡劣的印象，漸漸地，她失去了一貫的微笑。

● 寫外婆失去微笑的原因。

● 用詞準確形象。

● 段末扣題。

半年前，外婆搬進了姨母家，最近，由於姨母和姨丈忙

● 寫外婆對請傭人的抗拒。

於做生意，沒空照顧外婆，而外婆年齡大了，又不能看顧自己，所以媽媽打算請一個傭人來看護她。可是，外婆一聽要請傭人，心頓時沉了下來。她還被以前的陰影籠罩着呢！媽媽無可奈何，只好先哄好外婆，再暗地裏請傭人。

● 直接的心理活動是難以看到的，可否運用對外婆表情動作的描寫來間接反映呢？

媽媽小心翼翼地挑選傭人，生怕挑錯了會令外婆抗拒。左挑右選，媽媽終於選到一個挺乖巧的傭人。過了不久，那個傭人便開始為外婆工作了。外婆見她勤快、聽話，感到十分滿意，終於再展笑顏了。

● 寫外婆終於又露出了笑容。

後來，我再三調查，發現外婆並不是因為對那個傭人感到稱心如意而重展笑顏的，而是因為我們對她多了關懷和問候。其實老人家就像個小孩，需要家人的關心和鼓勵。香港人往往容易忽略老人，只顧着幹自己要做的事，並不關心他

● 寫外婆展露笑容的原因。

● 將概述的句子寫成一段話，宜用具體的事情來表現外婆的滿意與露出笑顏的過程。

們。經歷了這件事情，我明白只要多給予關心，老一輩就會活得高興，活得精彩。

● 議論以小見大，提升了文章的主題。

總評及寫作建議

本文主要是寫外婆的微笑一去一返的過程。

文章表面上寫外婆對傭人的態度變化，而結尾處異軍突起，寫出真正的原因在於親人的關懷，從而成功地使用「以小見大」的手法，揭示了社會問題，立意深刻。

美中不足的是文章內容有些空洞，需要添加實際的內容來完成對外婆的刻畫。如：第二段中外婆生氣的樣子是怎樣的？第三段當她聽到媽媽的提議時是如何反應的？說了甚麼，做了甚麼？第四段當外婆感到滿意時又是怎樣的情形？結尾小作者的「再三調查」是如何進行的？如何發現了外婆微笑的真正原因？這些內容的缺失，使得文章立足不穩，雖然有很好的立意，卻缺乏事實的支撐。

寫文章時要注意文題的呼應，因此文章中寫到外婆的時候，最好寫出她原來笑的樣子、失去笑容以後的樣子和重新笑起來的樣子。三者相互對比映襯，一石二鳥，既時時扣題，又能用於表現人物。

12 我家的「丘比特」

學校：協恩中學附屬小學
年級：小六
作者：張彥晴

作文

在《希臘神話》中，丘比特是一個長不大的天使，也許有人希望像他一樣「青春」常駐，但這願望不可能實現，丘比特只是虛構的人物，世上根本不會有永遠長不大的人。但是，我卻認識一個不管是四歲，還是七歲，樣子都幾乎沒有改變的人。

「白裏透紅的臉龐」、「水汪汪的大眼睛」、「櫻桃般的小嘴」，這些句子是形容女生容貌的「經典句」，但我認識的這個像丘比特的男生，卻能用這些句子來形容。

看過前面兩段的提示後，你能猜出他是誰嗎？他就是我的小弟

點評

- 開頭寫丘比特「長不大」的特點。
- 先說世上沒有長不大的人，接下來又說自己認識一個「不管是四歲，還是七歲，樣子都幾乎沒有改變的人」，這就成功設置了懸念，很吸引人。
- 描寫弟弟的肖像。
- 運用比喻的修辭手法寫弟弟的肖像，雖然俗套，內容卻恰好符合「經典」的要求。
- 寫弟弟因為笑容甜美，長相可愛，小時候被認為是女孩子。

弟！他從小就被稱為「小妹妹」，還記得他差不多三歲的時候，有一位清潔工人稱讚他說：「小妹妹，你真可愛！」然後還摸摸他的臉蛋兒，說：「皮膚很滑呢！真羨慕你！」弟弟害羞得躲在媽媽的腿後，緊緊地抓着媽媽的衣袖，而媽媽則立刻替他解釋：「他是男生。」那清潔工人連忙微笑着對弟弟說：「啊，對不起，小弟弟。」這時弟弟才展現出他招牌式的甜美笑容，和媽媽一同前往我家附近的茶餐廳，去吃他最喜歡的牛奶麥皮了。

● 段首設問，能引起人的閱讀興趣，但缺少必要的交代。

● 一個「躲」，一個「緊緊地抓」，兩個細節表現出弟弟的害羞。

現在，弟弟已經是二年級的學生了。一次媽媽接了他放學再一起坐校車來學校接我回家的時候，一看見我，他便興奮得直拍手，還沒有背好書包，就鑽出校車，迎着我一溜小跑，跑到中途，書包「咚」地掉在地上，他想撿起書包，不過書包很重，他就拖着書包的帶子繼續跑，最後還是要媽媽幫

● 寫弟弟跑向「我」，跑掉了書包，動作惹人喜愛。

● 這段描寫很生動。

他背。校車上一些一年級的同學看到這個情景，都稱讚他十分可愛！比起那些一年級學生，我的弟弟看起來還比較像一個小孩，他真是一個長不大的丘比特呀！

我的弟弟很可愛吧！他這個天真可愛的小孩，十分需要我的照顧，所以我會做個盡責的姐姐，精心照顧這個「長不大的丘比特」。

● 結尾點題，呼應了上文，將弟弟比作「長不大的丘比特」。

總評及寫作建議

本文描寫了一個外形可愛、像丘比特一樣長不大的弟弟。

文章總體來說，詳略得當，佈局安排合理。作者分別從外形與行為兩方面寫弟弟，開頭寫到丘比特是永遠長不大的可愛天使，而從外形上看，弟弟很像丘比特，甚至小時候因為太可愛而被當作是女孩子；行為上，弟弟也似乎一直沒有長大。其中，小作者着重描寫了弟弟的甜美笑容，強化了「可愛」的特徵；接着寫弟弟上二年級時的舉止竟然能讓一年級的弟弟妹妹們驚呼可愛，重點寫其動作，進一步突出了弟弟的「可愛」。

但小學生在寫作文的時候，很容易犯邏輯上的錯誤，如本文儘管開頭結尾都提到「丘比特」，但是有些細節卻交代不清，易讓人產生疑問。如：文章寫弟弟是家裏的丘比特，原因其實是他們共同的特點——「長不大」，而從這個共同點來寫的話，第三段中還應寫出弟弟從小至今在外形上的「不變」，才能解釋為甚麼將弟弟比作丘比特。

13 我的奶奶

學校：保良局錦泰小學
年級：小四
作者：謝佩瑜

作文

我的奶奶八十多歲了，她個子不高，但頭腦靈活；頭髮短短的，還有些鬈曲；眼睛小小的，卻炯炯有神；臉上還有一道道深深的皺紋，仿似刻上了她以往一次次的經歷……

當我想不出解決事情的方法時，奶奶總是會給我提供一些「意見」，但每次她的方法都是不管用的，經常弄得我哭笑不得。

奶奶小時候由於家裏貧窮，沒有讀過書，文化水平不高，但她卻持家有道，把家裏打理得井井有條。更有意思的是，儘管不認識字，但她計算數字卻又快又準。我

點評

- 開頭寫奶奶的外貌，表現她的神采。
- 寫奶奶無效的建議讓「我」哭笑不得。
- 可否敍述一具體的事例來說明？
- 以下兩段寫奶奶沒讀過書卻從生活中汲取到智慧，以及年輕時的辛勞。
- 成語運用準確、形象。

覺得很奇怪，便問：「您是怎樣做到的呢？」她回答說：「這是我每天買菜，日積月累所得到的經驗呀。」看來，奶奶從生活中汲取了不少智慧呢！

● 直接引語，讓人物自己說自己的話，做自己的事。

聽爸爸說，以前由於爺爺出外謀生，因此奶奶便獨自一人照顧五個孩子，可以想像她當年有多辛勞，所以我和爸爸都很敬重她。

● 對爸爸的話可否將間接引用改為直接引用，並寫出爸爸對奶奶感激與敬重的感情？

現在，奶奶雖然年紀大了，但每天早上都堅持去晨練，風雨無阻。她真是一個有毅力的人！

● 寫奶奶堅持鍛煉身體。

傍晚時她會去散步，在放假的日子裏，我會陪伴她一起散步，雖然我們沒有說太多的話，但拖着她的手卻使我覺得很溫暖。

● 結尾寫「我」陪奶奶散步。

●「拖手」的細節描寫有畫面感，很溫馨。

本文的中心是寫奶奶的辛勞、智慧和毅力。

文章感情真摯，尤其是結尾的細節描寫，透出了濃濃的親情。從內容上看，小作者選材十分豐富，如：開頭寫肖像，第二段寫奶奶對「我」的無用建議，第三段寫奶奶的智慧，第四段寫她年輕時候的辛勤勞作，第五段寫她的毅力，等等。文章層次清楚，脈絡分明。建議同學們在篇章佈局上，先列出提綱，再進行具體的寫作，這是保證結構清晰的好辦法。

美中不足的是，本文從每部分來看，基本上都只有簡單的一兩句話的交代，顯得有些空洞，讀者對奶奶的印象除了外貌有些具體的認識，其他方面都只有模糊的概念。因此，需要對材料進行充實，添加必要的細節描寫來表現奶奶的特點。這一點，小作者在文末做得很好，「拖着她的手」的細節描寫，就給我們描繪出了一幅溫馨的畫面，十分自然地將祖孫倆的溫情傳遞給了讀者。

我的偶像朱老師

學校：保良局錦泰小學
年級：小六
作者：施學賢

作文

我的偶像朱老師，是我們的班主任。她對工作一直盡心盡力，無論頑皮的學生，沉靜的學生，懶惰的學生，她都會本着有教無類的精神，悉心地教導他們。

記得有一次，朱老師因為患了感冒，上課時不斷地咳嗽，連嗓子都啞了，根本不能多說話。但在授課時，她仍然用嘶啞的聲音，循循善誘地教導我們。她無私的付出，使我們的學業突飛猛進。

還記得三月四日那天，全班同學到禮堂拍畢業照，大家喧嘩不止，有的大叫大嚷，有的嘻嘻哈哈地推來推去，還有的湊在一起

點評

- 總寫朱老師對大家的悉心教導。
- 運用排比的修辭手法，表現出朱老師的盡心盡力。
- 寫朱老師帶病授課。
- 朱老師帶病上課的事例選取得比較典型，體現了她對工作的用心。不過「循循善誘地教導我們」，還需要用細節充實。
- 寫「喧嘩」事件後朱老師對大家的教導。

竊竊私語，簡直吵得屋頂都要被掀開了。

在場的老師都生氣地訓斥我們，使得同學們情緒非常低落。但朱老師卻沒有責罵我們，她仍然耐心地勸導我們。

那天一回到教室，朱老師就沉下臉，吩咐班長把「秩序比賽」的錦旗除下來，並大聲告訴我們：這是因為我們的表現實在太失禮儀了！見我們羞愧地低着頭不敢說話，她臉色才緩和下來，又安慰大家說，待我們表現有改進時，就能重新把錦旗掛回去了。

● 通過一系列的動作和語言描寫，將朱老師遺憾、失望卻又關愛的情緒表現了出來。

朱老師，您就是我的偶像，我真的非常感謝您真誠的教導！

● 結尾表達對朱老師的感謝。

總評及寫作建議

本文描寫了本着有教無類精神，盡心盡力教導學生的朱老師。

文章在選材上比較典型，通過朱老師帶病上課和解決「喧嘩」事件兩個事例，表現了她對工作的負責，人物形象比較豐滿。

美中不足的是，本文內容上有點空洞。全文概括的敍述很多，缺乏詳細的描寫，如：「她都會本着有教無類的精神，悉心地教導他們」、「循循善誘地教導我們」、「仍然耐心地勸導我們」、「我真的非常感謝您真誠的教導」。除前兩句與末句是總寫，中間的「耐心」有所表現外，「循循善誘」是如何表現出來的？需要補充相關內容，通過細節描寫來充實文章。

15 偶像劉翔

學校：保良局錦泰小學
年級：小六
作者：姚雋逸

作文

每個人都有自己的偶像，我也不例外，不過我並不是「追星一族」，只是欣賞偶像的長處而已。說到我的偶像，他就是知名的田徑運動員——劉翔。

在二零零四年雅典奧運會上，劉翔參加了一百一十米跨欄比賽，當時的他狀態甚佳，除了奪得冠軍，還打破了奧運會紀錄。從此，他一舉成名，而我也因此對他有所認識。

他的個子高大，樣貌俊俏，雙眼總閃爍着自信的光芒，臉上則掛着淡淡的、謙遜的微笑。作為一名出色的運動員，他深受人們的

點評

- 開頭簡單交代自己對偶像劉翔的欣賞。
- 寫「偶像」卻強調自己不是「追星一族」，立意獨特。
- 本段簡單敍述劉翔的成名，這也是引起「我」關注的起因。
- 可以添加一些細節描寫。
- 「一舉成名」使用準確。
- 寫劉翔的外貌。
- 此處肖像描寫抓住了人物最具特色的特徵進行詳寫，予人深刻的印象。

歡迎。

在後來的多項比賽中，他多次奪得獎牌，但亦有成績不太理想的時候；雖然他突破了世界紀錄，後來卻被其他選手逐漸趕上，有時他還會在賽事中落敗，幸好他並沒有氣餒。換作是我，可能會很快放棄，而不會像他那樣，有偉大的理想、抱負，來支撐自己前進。我們應學習他這種堅毅不屈、永不言敗的精神！

- 詳寫劉翔對待失敗的態度，表現他堅毅不屈、永不言敗的精神。
- 敍述較平淡，可進行場面描寫，並把劉翔的動作、神態描寫出來，這樣會更生動。
- 運用對比手法，通過自己與劉翔的對比，突出了劉翔的堅毅。

在二零零八年北京奧運會上，每個中國人都渴望劉翔能為中國再添上一面金光閃閃的獎牌。但是天意弄人，劉翔退賽了！通過電視鏡頭，我們看到他準備起跑時強忍着的痛苦的表情，發令槍響後，有人搶跑，他幾乎是跳着停下來的——原來，他的腳踝受傷了。最後，我們看到他慢慢走出了

- 本段詳細敍述劉翔在北京奧運會的退賽，表現他面對現實量力而為的態度。
- 用詞準確。
- 小作者觀察很仔細，對劉翔退賽前後的「痛苦」作畫面式的描寫，具體而生動。

跑道，表情充滿了失望和痛苦。我想，他一定也很不甘心、很難過吧。後來，聽說賽後他對人說：「我很難過，如果不是萬不得已，我不會退出比賽。」

有些人懷疑他是因為害怕不能再為祖國畫出彩虹，而承受了太大的壓力，所以故意弄傷了自己。但我覺得他已盡了力，他一定也不想有這樣的結果。我非常欣賞他能面對現實、量力而為的態度。

- 運用比喻，表達形象生動。

現在新聞報導他已經痊癒了，我希望他能早日重回跑道，恢復他以前的實力，祝他能跑得更快，在跨欄技術上更上一層樓！

- 結尾寫對劉翔的祝願，感情真摯。

本文描寫了小作者的偶像——堅毅不屈、永不言敗，同時面對現實又量力而為的劉翔。

文章結構詳略安排得當，是本文的一大亮點。文章略寫劉翔的肖像和成名經過，詳寫他堅毅不屈、永不言敗的精神和面對現實量力而為的態度，尤其是選擇主人公「失敗」的事件，顯出小作者的獨特用心，更表明自己的確不是普通的「追星一族」。

通常，要學會寫人，就要學會描寫，要通過對人物肖像、語言、動作、心理等的描寫，表現人物的性格特徵。就本文來說，除了劉翔的外貌和他退賽的過程，其他內容多為事實的敍述，缺乏生動細緻的描寫。這也是寫人記敍文易犯的毛病：只見敍述，不見描寫，以至於人物無法「活」起來。

要避免這個毛病，可以添加相關的描寫，以本文為例，建議在第二段寫劉翔比賽時的英姿、領獎時的動作等，同時精選動詞，增強文章的感染力；而第四段中，「雖然他突破了世界紀錄，卻被其他選手逐漸趕上，有時候他還在賽事中落敗，幸好他並沒有氣餒」，無法讓讀者產生畫面感，建議小作者將自己看到的畫面用文字表現出來，進行場面描寫，並將劉翔當時的動作神態描畫出來，就可以真實地向讀者展現出劉翔的「不氣餒」了。

而第五段中，對於劉翔的退賽，小作者仔細回憶當時的電視畫面，對劉翔的表情、動作、語言加以描寫，乃至對其心理進行了一番揣測，這樣畫面式的描寫，讓讀者更深入地了解了劉翔。

作文加油站

詞彙寶盒

陰影　籠罩　抗拒　關懷　關心　鼓勵　經典　盡責
甜美　虛構　鬈曲　辛勞　教導　晨練　毅力　頑皮
沉靜　懶惰　悉心　學業　喧嘩　耐心　勸導　緩和
改進　真誠　俊俏　氣餒　理想　抱負　落敗　甘心
視而不見　七竅生煙　無可奈何　小心翼翼　左挑右選
稱心如意　重展笑顏　青春常駐　白裏透紅　天真可愛
炯炯有神　哭笑不得　持家有道　井井有條　日積月累
風雨無阻　有教無類　循循善誘　突飛猛進　大叫大嚷
竊竊私語　一舉成名　堅毅不屈　天意弄人　量力而為

佳句摘賞

- 我的奶奶八十多歲了，她個子不高，但頭腦靈活；頭髮又短又鬈曲，眼睛小小的，卻炯炯有神，臉上有一道道深深的皺紋，仿似刻上了她以往一次次的經歷……
- 弟弟從校車窗裏看見了我，興奮得直拍手，還沒有背好書包，就鑽出校車，迎着我一溜小跑……

- 無論頑皮的學生，沉靜的學生，懶惰的學生，朱老師都會本着有教無類的精神，悉心地教導他們。

以小的題材、小的事件或小的人物反映大的主題、大的內容或大的感慨的寫作手法，叫做「**以小見大**」。運用這種手法，我們可以通過敍寫生活中一件非常平凡的小事來闡述一個大的道理，或者通過小事情、小細節來塑造生動的人物形象，從而挖掘出深刻的主題，使文章更有震撼力。如《外婆的微笑》一文，就成功地運用這種手法，提升了文章的主題。

1. 選詞填空：

懶惰	盡責	勸導	喧嘩
有教無類	日積月累	情緒低落	井井有條

(1) 媽媽持家有道，她總是把家裏收拾得________________。

(2) 經過老師再三____________，大明終於承認自己的錯誤，向小強道歉。

(3) 方老師本着__________________的精神，不論學生的背景能力都悉心教導。

(4) 陳老師走進教室時，同學們馬上停止了＿＿＿＿＿＿，變得鴉雀無聲。

(5) 學習是一個＿＿＿＿＿＿的過程，只要每天用心學習，知識和能力都會提高。

(6) 因為他十分＿＿＿＿＿＿＿＿，完全沒有溫習，所以在語文科考試不及格。

2. 下列哪個句子運用了「以小見大」的手法？

(A) 老師的微笑就像春風，讓我們心裏暖洋洋的。

(B) 我們在日常生活中，之所以保持舊習慣，不敢嘗試新東西，往往可能就是患得患失的心理在作怪。

(C) 花兒在風中翩翩起舞，給晚春增添色彩。

(D) 月亮一露面，天上的星星就四散無蹤了。

答案：＿＿＿＿

3. 續寫下列句子：

(A) 妹妹很容易害羞，一看到陌生人就＿＿＿＿＿＿＿＿＿＿＿＿＿＿＿＿＿＿＿＿。

(B) 我的偶像是＿＿＿＿＿＿＿＿，因為＿＿＿＿＿＿＿＿＿＿＿＿＿＿＿＿＿＿。

(C) 我最欣賞的人是＿＿＿＿＿＿＿＿＿＿＿＿＿＿。

(D) 那天一回到教室，＿＿＿＿＿＿＿＿＿＿＿＿＿。

(E) 奶奶的年紀大了，＿＿＿＿＿＿＿＿＿＿＿＿＿。

16 我班是個大花園

學校：浸信會沙田圍呂明才小學
年級：小五
作者：劉詠姿

作文

有沒有想過，其實你的班級是一個大花園呢？

我班就是一個大花園，現在就讓我介紹我班師生擔當的角色吧。

首先我要介紹最重要的角色——大樹。老師就是大樹，為我們遮風擋雨，不離不棄地守護着每位同學。

其次是花朵，花朵就是品學兼優的同學。花朵擁有美麗的外表，擁有潔淨的心靈，還能結出美好的果實。

草兒擁有不屈不撓的精神，是班中勤學不倦的同學，他們不管

點評

- 問句開頭，總起全文，既設置了懸念，吸引讀者讀下去，又點了題。
- 介紹大樹——老師。
- 以樹的高大與遮蔭性質來形容老師，很恰當。
- 介紹花朵——品學兼優的同學。
- 介紹草兒——勤學堅強的同學和膽小的同學。
- 「不屈不撓」、「勤學不倦」體現了同學的堅強和勤奮。

遇到甚麼困難都不會放棄。雖然草兒大都是很堅強的，但有一種與眾不同的小草——含羞草，卻顯得很膽怯，一被人觸摸，葉子便會蜷縮起來。因此，膽小的同學就是含羞草，他們不善與人溝通，但其實只是想保護自己。

- 動詞「觸摸」、「蜷縮」使用準確，很形象。
- 對含羞草的含義有自己的理解。

蜜蜂有樂善好施的美譽，是班中樂於助人的同學。蜜蜂經常傳播花粉，幫助植物成長，而班中的蜜蜂經常幫助別人，是我們的好榜樣。

- 介紹蜜蜂——樂於助人的同學。
- 不過蜜蜂作為勤勞者的代表更為人知。

我班也有麻雀，麻雀常常「嘰嘰喳喳」地叫，是班裏的活躍分子。他們常常說話，所以成績不太好。

- 介紹班上的活躍分子。
- 愛說話與成績不好沒有必然聯繫，可以在「說話」前加狀語「在課堂上」，後加「不好好聽課」，這樣邏輯上會通順一些。

鸚鵡有漂亮的外貌，卻心高氣傲。他們是班中驕傲的同學，貪慕虛榮，經常炫耀自己，看見貧窮的同學便貶低他們，這種行為很不好。

- 介紹鸚鵡——驕傲虛榮的同學。

班上無論有甚麼同學，我們都要尊重他們，共創和諧世界。

- 結尾表達心願。
- 銜接上一段，針對「鸚鵡」同學貶低貧窮的同學發表自己的看法。

總評及寫作建議

本文寫的是擁有大樹一樣的老師和花朵、蜜蜂、草兒、麻雀、鸚鵡一樣同學的班級。

小作者發揮想像，將班裏的老師和同學分別比作植物、動物，以表現他們各自的特點，寫法別具一格。最精彩的是寫「草兒」的段落，不但將小草柔韌堅強的特性賦予勤學不輟的同學，還將含羞草一經碰觸便蜷縮的樣子用來形容膽小的同學，表現他們保護自我的心態，非常形象生動。

在篇章佈局上，文章注意了邏輯性。如文中將不同的人比作大樹、花朵、蜜蜂、鸚鵡等，如果分分類，就知道排列起來應該有個適當的順序。而小作者根據植物、動物的分類，整體上按照先老師後同學的順序，考慮到結尾與倒數第二段的銜接最緊密，因此順序做出了如此安排：大樹→花朵→草兒→蜜蜂→麻雀→鸚鵡，這個順序在內容上也符合由褒到貶的邏輯。

17 大廈管理員

學校：浸信會沙田圍呂明才小學
年級：小六
作者：許名瀚

作文

「早上好！」今早一句溫柔的問候，令我回想起已於去年退休的大廈管理員蔡叔叔。他親切的微笑，開朗的性格，以及對工作的負責，都令全大廈的居民不能忘懷。

記得我讀幼稚園的時候，蔡叔叔已經在我們的大廈工作了。他身材高大健碩，五官端正，戴着一副金框眼鏡，一笑，眼睛就成了兩彎月牙兒。我印象最深刻的，就是他眉開眼笑的樣子：眉毛彎彎的，雙眼閃動着快樂的光芒，嘴角則掛着親切的微笑。

點評

- 語言描寫開頭，倒敘引起下文。
- 描寫蔡叔叔的肖像。
- 此處肖像描寫突出了笑容，抓住了人物的特徵。
- 具體描寫蔡叔叔的「眉開眼笑」，比較形象。

他工作時，無論是對趕時間上班的居民，還是對悠閒的老伯伯、老婆婆，或者是對無憂無慮的學生，他都會笑逐顏開地說：「你好！你好！」除此之外，他記性也好，能認得所有的住客。他的盡責、他的「招牌笑容」，令大家誇讚不已。

- 寫蔡叔叔習慣於向大家問好。
- 「無論是……還是……或者是」，關聯詞使用正確。

記得讀二年級的時候，我常常一邊走一邊吃麪包。每當遇到他，他都會拍拍我的腦袋，笑嘻嘻地對我說：「小朋友，肚子餓了嗎？」。他每天都不厭其煩地替行動不便的老人家開門，真是個關心人和助人為樂的大廈管理員。

- 寫蔡叔叔對大家的關心和對工作的盡責。
- 描寫蔡叔叔問話時的表情，進一步突出了他的笑容。
- 可以使用不同的動詞來描寫蔡叔叔的動作，以反映他的盡責與細心。

現在，他雖然已經退休，不再到我們的大廈工作了，但他的微笑，他的盡責，他對工作的滿腔熱忱，始終留在我們的腦海中。

- 首尾呼應，突出蔡叔叔的令人難以忘懷。

本文描寫了大廈管理員蔡叔叔，表現了他的開朗盡責和對住戶的關心。

通過小作者的描述，大家對大廈管理員蔡叔叔最深刻的印象，應該是他的問好聲和親切的笑容，文章明寫他的笑容（肖像描寫）、他對所有人的問候（語言描寫），以及他對大家的關心和幫助（語言、動作描寫），將主題——蔡叔叔的盡責和開朗，很好地表現了出來。

不足之處是對蔡叔叔的動作描寫少了一點，如「他每天都不厭其煩地替行動不便的老人家開門」這句話，完全可以用不同的動詞寫出替老人開門的「全過程」：他看到老人家來到時有甚麼動作？是否攙扶老人？開門時表情如何？怎樣送老人出門，怎樣接老人進門？過程中有沒有對老人說甚麼話？這一連串的動作可以用一系列的動詞來表現。

18 李清照

學校：浸信會沙田圍呂明才小學
年級：小六
作者：鄺曉情

作文

在一次中文課上，老師介紹了一位傑出的女性——李清照，使我對李清照產生了濃厚的興趣。

李清照是中國南宋著名的女詞人，自號「易安居士」，生於1084年，卒於1156年，享年七十二歲。她的父親李格非乃進士出身，是蘇軾的學生；母親王氏是北宋宰相王珪的長女，擅長文學。

出生書香門第的李清照對詩詞有着獨到見解，她在《詞論》中提出了「詞，別是一家」的主張，其詞作廣為人知，她以「綠肥紅瘦」來形容紅顏退卻的情形，比

點評

- 開門見山，點出本文的主要人物李清照。
- 介紹李清照的生平。
- 介紹李清照的詩詞主張和代表作。

柳永的「紅衰翠減」來得更傳神和新鮮。

在李清照的眾多詞作中，我最喜愛的是《醉花陰》，這首非同一般的詞令人萬分佩服，其中最為人稱道的是最後三句「莫道不銷魂，簾捲西風，人比黃花瘦」，意思是「不要說我不幽怨悲傷，蕭瑟的西風捲起了簾子，（你可以看到我）人比嬌弱的菊花還要消瘦」，由花瘦觸及己瘦，意境高雅含蓄。

● 賞析李清照的《醉花陰》。

● 用散文化的語言翻譯出詞作，得出「意境高雅」的結論水到渠成。

我常想，假若李清照和她因病早逝的丈夫趙明誠都生活在我們的年代，她一定可以從事作詞的事業，趙明誠的病也很可能被醫好，不過李清照那些哀怨感人的詞恐怕就不會出現了……但也可能，她會寫更多比較樂觀喜悅的詩詞呢！

● 寫有關李清照活在當代的聯想。

● 假想意味深長。

總評及寫作建議

本文介紹了南宋傑出的女詞人李清照。

文章在介紹李清照時，抓住其作為詞人的特點，主要寫了她的生平和詩詞主張，並對其詞作《醉花陰》進行了賞析，結構清晰，文字簡潔流暢，可以推想，小作者平日一定閱讀廣泛，不僅掌握了不少的詞彙，也擁有不錯的古典文化鑑賞能力。

最後一段的假想很有趣，既寫出了李清照詞作的婉約風格，又有小作者獨特的想法，表現出對李清照命運的同情。

美中不足，既然寫的是著名詞人，那麼應多介紹詞人的幾篇名作，幫助讀者理解並領悟其詞風。

19 我的媽媽

學校：聖方濟各英文小學
年級：小六
作者：朱超敏

作文

她性格溫順，和藹可親，而且長得美麗動人，令人一見難忘⋯⋯

她就是我的媽媽。

媽媽身材挺苗條，圓圓的臉上有一雙水汪汪的眼睛，鼻樑上架着一副紫色的眼鏡，予人溫文爾雅的感覺；她尖尖的鼻子下面，是一張小小的嘴巴，這張溫柔的嘴巴慢條斯理說出的話，也總令人感到欣慰。

還有呢？

媽媽的和藹可親不但讓我有一種被無窮無盡的愛包圍的感覺，而且改變了我的價值觀。

記得兒時我的名字常常被同

點評

- 總起全文，簡單介紹媽媽的特點：和藹、美麗。
- 具體描寫媽媽的肖像。
- 具體描寫媽媽外貌的「美麗動人」，突出了人物溫柔的特點。但「圓圓的臉」、「水汪汪的眼睛」、「小小的嘴巴」適於用來描寫小孩子或青少年，描寫大人則不妥。
- 過渡段，引起下文。
- 寫「我」因為媽媽而有所改變。
- 寫媽媽對「我」的開導讓「我」刻骨銘心。

學取笑，就是因為這樣，我終日悶悶不樂，性格也漸漸變得內向、自卑。幸好，感覺敏銳、關懷別人的媽媽讀出了我的感受，她溫柔地安慰我、開導我。當時她說了一句讓我刻骨銘心的話：「你的名字一點也不好笑，而且涵義很有意思，取笑你的人才是愚昧、不知事實的人，而且，即使別人取笑你，那又如何呢？」這句話，我永遠也不會忘記。

- 有關被取笑的記敘過於簡略。
- 描寫媽媽的語言。

從此以後，我不再感到自卑和羞愧，也不會再向困難和不愉快的事情退縮，是媽媽給我打了一支「強心針」。

- 「強心針」的比喻與前文「刻骨銘心」的印象相呼應。

媽媽是我一生中最愛最敬佩的人，她是我的明燈，照亮了我的人生。

- 總結：媽媽是「我」最愛最敬佩的人。
- 比喻形象，情感真摯。

本文的中心是寫和藹、美麗、關懷「我」成長的媽媽。

文章主要寫了媽媽的兩個特點：美麗動人與和藹可親。前者以對媽媽的肖像描寫來表現，後者則通過媽媽安慰被他人取笑的「我」來表現，選材較典型，其中語言描寫也比較到位。不過，如果要突出媽媽的和藹可親，還應該用她對人的神情動作來進一步表現。

文章肖像描寫順序得當，基本突出了媽媽溫柔美麗的特點。寫人記敍文尤其要避免人物的外貌描寫公式化，如果覺得通過肖像描寫突出人物的特徵很困難，可以嘗試從以下兩點入手：一是運用修辭手法，如：媽媽的眼睛像甚麼？是深潭？是清泉？二是寫不同情景下的外貌。媽媽生氣的時候還美嗎？她苦惱的時候呢？世上沒有一模一樣的人，如果每個人都一樣，世界怎麼會精彩？所以，若能飽含感情去寫，寫出人物的獨一無二處，就是成功。

20 我的曾祖母

學校：聖方濟各英文小學
年級：小六
作者：梁曉蓁

作文

終於放學回家了，我興奮地告訴媽媽我的考試成績，但媽媽卻滿眼通紅，含着淚說曾祖母今早過世了。我的心頓時沉下來了，腦海中不禁湧出關於曾祖母的一段段往事……

曾祖母身材矮小，頭髮又白又稀疏，牙齒也快掉光了，幾乎全是假牙，她臉上常常掛着慈祥的笑容，話語像春風一樣暖人心田。由於曾經中風，她近年行動不便，需要輔助架來幫助走路。她的記憶力也隨着年紀的增長而日漸衰退，以至於在新年時會反反覆覆地派紅封包，甚至把我們的名字也弄混淆。

點評

- 倒敍開頭，由曾祖母去世的消息，引出對她的回憶。
- 由樂而悲，情感起伏。
- 母親含淚，自己心情沉重，細節描寫用語簡潔。
- 寫曾祖母的外貌以及關於她的兩件趣事。
- 趣事一：因記憶力衰退而重複派紅包。應詳寫當時具體情形。

可是一玩「打麻將」這種考腦筋的玩意，她卻往往能旗開得勝，這對於一個九十多歲的老人來說，可真是了不起。

● 趣事二：記憶力衰退，但打麻將卻常取勝。

假期時，爸媽和我會帶曾祖母去喝茶。曾祖母平日足不出戶，我們每次探望她，她都顯出很期待的樣子。在我們的幫助下，她不單要在鏡前仔細地梳理頭髮，穿上漂亮的衣裳，還會戴上首飾，悉心打扮一番。

● 寫曾祖母的兩件趣事：慎重打扮迎接晚輩拜訪和饞嘴且童心未泯。

● 趣事三：慎重打扮迎接晚輩拜訪。只是行動不便的她是如何完成妝扮過程的？

曾祖母還是個十分饞嘴的老人家，最愛吃油膩的煎炸食物，有時更會探頭偷看鄰桌的點心，然後露出垂涎欲滴的表情，真是童心未泯。我們互相牽掛着對方，雖然每次見面只有半天，見面了也只是吃吃點心、閒話家常，但這卻把我們的感情聯繫在一起。

● 趣事四：饞嘴且童心未泯。

● 偷看時的神情動作如果能寫得更具體，則更能增強文章的感染力。

「生老病死」是人生必經的階段，我會學着去面對永久離別帶來的傷痛。從另一方面想，曾祖母從

● 寫曾祖母去世後「我」的感想。

● 感慨深刻，發人深省。

此不用出入醫院，不會再飽受病魔的折磨，在天上過着無病無痛的寧靜生活，於她未嘗不是一件美事。

親愛的曾祖母，雖然您已經不在了，但我們會永遠懷念您！

● 運用呼告的寫作手法，表達對曾祖母的懷念。

總評及寫作建議

本文回憶和描寫了一位年紀雖大卻十分可愛的曾祖母。

小作者懷着真摯的感情，寫了曾祖母的四件趣事，刻畫了一位童心未泯的可愛老人。文章在描寫外婆的行為動作時，很幽默，但在倒數第二段中，小作者對曾祖母的去世又能表現出冷靜的理性態度，其中提到曾祖母在世時受到病痛的折磨，而上文寫的卻都是曾祖母給大家帶來的歡樂記憶，兩相對比，讓人感慨萬分，深切體會到小作者的真情。

文章美中不足之處是趣事的趣味還可以寫得更加透徹。如：新年時大家發現被反覆叫去領紅包是甚麼表情？當曾祖母發現自己的錯誤之後又是甚麼反應？打麻將時的曾祖母有甚麼表現？她等待晚輩探望時穿了甚麼樣的漂亮衣服？戴上首飾後又是甚麼樣子？她對油膩的煎炸食品的喜愛是怎麼表現出來的？她偷看鄰桌的點心時又是甚麼樣子？大家對她的舉動有甚麼反應？如果小作者能像描寫曾祖母的外貌時那樣，對曾祖母的言語、行動進行細膩的描寫，相信曾祖母的可愛一定會打動所有讀者的。

作文加油站

詞彙寶盒

潔淨　觸摸　蜷縮　傳播　活躍　炫耀　貶低　和諧
問候　親切　開朗　盡責　誇讚　傑出　欣慰　內向
自卑　羞愧　愚昧　取笑　輔助　衰退　混淆　牽掛
遮風擋雨　不離不棄　不屈不撓　勤學不倦　樂善好施
貪慕虛榮　高大健碩　五官端正　眉開眼笑　無憂無慮
笑逐顏開　不厭其煩　功成身退　滿腔熱忱　濃厚興趣
哀怨感人　獨樹一幟　美麗動人　觸覺敏銳　刻骨銘心
暖人心田　旗開得勝　足不出戶　垂涎欲滴　童心未泯

佳句摘賞

- 含羞草一被人觸摸，葉子便會蜷縮起來。班上膽小的同學就是含羞草，不善與人溝通，其實他們只是想保護自己。
- 現在，他雖然已經退休，但他的微笑，他對我們的關心，他對工作的滿腔熱忱，始終留在我們的腦海中。
- 媽媽的開導像是給我打了一針「強心針」。
- 曾祖母身材矮小，頭髮又白又稀疏，牙齒也快掉光了，幾乎全是假牙，她臉上常常掛着慈祥的笑容，話語就像春風一樣暖人心田。

寫作中，敘述一件事情，待感情達到高潮時，把不在面前的人或物當做就在眼前，直接向他（它）呼喚、傾訴，這種寫作手法就叫做「**呼告**」。如《我的曾祖母》的最後一段，就是運用了「呼告」的手法。「呼告」是直接抒情的一種手法，可用在對人的愛憎情感上（呼人），也可用在其他事物上（呼物），作用是增強抒情效果，使文章更加生動。

1. 選詞填空：

傑出	內向	炫耀	取笑
萬分佩服	遮風擋雨	旗開得勝	哀怨感人

(1) 李清照是南宋著名的女詞人，她的詞寫得＿＿＿＿＿＿，意境優美。

(2) 小明家境富裕，但他十分謙虛，從來沒有向同學們＿＿＿＿＿＿過。

(3) 父母像一棵參天大樹，為孩子們＿＿＿＿＿＿。

(4) 茅以升是我國＿＿＿＿＿＿的橋樑專家，為中國建造了多條工程大橋。

(5) 今屆奧運會中，中國隊＿＿＿＿＿＿，第一天就拿下了多枚金牌。

(6) 小強古怪的行為使他成為同學們們＿＿＿＿＿＿＿＿的對象。

2. **下列哪個句子運用了「呼告」的手法？**

（A）剝開的石榴，那晶瑩透亮的果粒，看上去就像一粒粒的牙齒。

（B）魚兒在水裏悠閒地游來游去，穿梭自如。

（C）秋天到了，金色的樹葉飄離枝頭，似蝴蝶一樣翩翩起舞。

（D）爺爺啊，雖然您已經永遠地離開了我們，但我們依然懷念着有關您的點點滴滴……

答案：＿＿＿＿＿＿

3. **續寫下列句子：**

（A）阿梅就像一隻百靈鳥，她唱的歌＿＿＿＿＿＿＿＿＿＿＿＿＿＿＿＿＿＿＿＿＿＿＿＿＿＿。

（B）我夢見＿＿＿＿＿＿＿＿＿＿＿＿＿＿＿＿＿＿＿＿＿＿＿＿＿。

（C）李叔叔為人開朗，他總是＿＿＿＿＿＿＿＿＿＿＿＿＿＿＿＿＿＿＿＿＿＿＿＿＿＿。

（D）記得我讀幼稚園的時候，＿＿＿＿＿＿＿＿＿＿＿＿＿＿＿＿＿＿＿＿＿＿＿＿＿＿。

（E）我永遠不會忘記＿＿＿＿＿＿＿＿＿＿＿＿＿＿＿＿＿＿＿＿＿＿＿＿＿＿。

21 我眼中的愛迪生

學校：聖方濟各英文小學
年級：小六
作者：馮鎧瑩

作文

「天才是九十九分的汗水加一分的靈感。」這句經典的話，相信大家都耳熟能詳，而說這話的人，就是偉大的科學家——愛迪生。

愛迪生一生勇於嘗試，百折不撓，他的發明超過了兩千種，真是值得我們後人學習。

愛迪生好奇心很重。他小時候就曾經問媽媽：「為甚麼母雞總是喜歡坐在雞蛋上呢？」當他知道那是要孵小雞，便有樣學樣地坐在雞蛋上，結果把一窩蛋全都壓碎了。這就是小愛迪生與一般的孩子的不同之處：發現了好奇的事物，就要勇敢地去嘗試，哪怕因此會闖

點評

- 首段點出文章記敍的主要人物愛迪生。
- 引用名言開頭，用語簡潔。
- 總寫愛迪生的精神，統領後文。
- 以下兩段具體寫愛迪生的好奇心，即「勇於嘗試」的精神。
- 寫愛迪生的心理、動作，較為形象。

禍，這大概也是要成為科學家的一個基本素質吧。

還有一次，媽媽告訴他，毛皮摩擦可以生電，愛迪生就很興奮地捉來兩隻大貓，用銅線把兩隻貓的尾巴拴在一起，想使牠們的毛皮互相摩擦，結果卻被貓兒抓得手上、胳膊上全是爪痕，連臉上也挂了彩。雖然這份好奇心給他添了不少麻煩，卻使他向成功發明電器邁進了一大步。

● 描寫愛迪生「滿身抓傷」的情形，生動形象。

在學校裏，愛迪生是個「問題少年」，因為好奇心重，他經常在課堂上發問，還要「刨根問底」。老師覺得他太煩，便向他的媽媽投訴。結果，他只接受了三個月的正式教育便被迫退學了，其餘時間都是由他當老師的媽媽南茜親自教導。可以想像，退學時，他的自信心一定受到了不小的打擊，可是他並沒有因此放棄自己的好奇心。

● 寫愛迪生因為愛發問而被迫退學。

● 設想愛迪生當時的心情，增強了文章的感染力。

愛迪生最值得我們學習的是他那種永不言敗的精神。在發明炭絲燈泡的過程中，他不眠不休地做了一千六百多次耐熱材料和六百多種植物纖維的實驗。之後他更不斷改良，終於研製出一個可燃點一千二百小時的鎢絲燈泡。在現實生活中，我們也需要有這種永不言敗的精神，以達成自己的目標。

- 具體寫愛迪生「永不言敗」的精神，呼應了第二段總述的「永不言敗」。
- 「不眠不休」表現了他的執着，很貼切。

愛迪生一生充滿了挫折，少年時他已患有重聽的毛病，但他沒有放棄。我們要把他永不放棄的精神和他的科學理論發揚光大，把他作為學習的榜樣，努力追求進步。

- 號召大家學習愛迪生永不放棄的精神。
- 結尾的總結應另起一段。

本文講述愛迪生勇於嘗試、百折不撓、決不放棄的精神。

寫作文要重視審題或定題的過程。本文的題目是「我眼中的愛迪生」，因此寫出的愛迪生不僅僅是大家所熟知的愛迪生，更應該是小作者從自我的視角看到的愛迪生。雖然本文所寫愛迪生的事情是大家耳熟能詳的，但是，即便是陳舊的材料，也可以從新的視角得出新的結論，小作者就做到了這一點，如第三段，小作者從自己的角度去考慮，認為像愛迪生那樣，想到就去做，而不只是被動地接受別人的結論，這也是一位科學家所需要的精神。

22 班中的活寶

學校：聖公會青衣主恩小學
年級：小三
作者：吳美雪

作文

我們班的三十八位同學就像大花園裏的三十八朵小花，他們有不同的性格和特徵。讓我來跟你們介紹吧！

葉俊霆是我們班中最文靜的同學。他身材瘦削，有一張白淨的瓜子臉，見到人總是羞答答的，還沒開口說話，臉就紅了。他很文靜，很少主動和人談天。我覺得他是曇花，總在夜裏靜靜綻放。

我們班中的喇叭花是黎詩蔚，因為她朗讀課文時，聲音清脆，感情豐富。她外表斯文，嬌小玲瓏，總是綁着兩條辮子，戴着

點評

- 首段總述，簡單介紹班上的同學。
- 開門見山，將人比作花，語言簡明乾脆。
- 介紹班上的曇花——文靜的葉俊霆。
- 「羞答答」讓人不禁產生聯想：男孩子這個樣子是怎樣的呢？
- 介紹班上的喇叭花——黎詩蔚。
- 將聲音清脆的同學比作喇叭花，聯想很奇妙。

眼鏡，笑起來甜絲絲的，說起話來，像搖響了一串銀鈴鐺，聲音脆生生的。

- 「甜絲絲」本是味覺感受，用來寫笑容，通感手法讓表達效果更佳。

我們班的太陽花是江嘉威，因為他長得很健壯，又總是眉開眼笑的，讓你隨時隨地都能感受到他的熱情。看到誰有困難，他就會一拍胸脯：「看我的！」大家都說：「有事就找江嘉威。」

- 介紹班上的太陽花——熱情的江嘉威。
- 熱情的同學比作太陽花，很形象。
- 通過大家的評論，間接表現江嘉威的熱情。

猜猜我是甚麼花？我覺得我是山茶花，因為我很堅強，做事從不輕易放棄。

- 介紹「我」自己。
- 設問修辭。

我希望班中的小花在陽光和雨露的滋潤下開得更燦爛。

- 結尾祝願大家更好地成長。

總評及寫作建議

本文的中心是寫像花兒一樣各具特點的同學。

本文以花喻人，新穎別致，既增強了語言效果，又給讀者以想像的空間。文章結構清晰，語言簡練，描寫手段比較豐富，如「曇花」、「喇叭花」、「太陽花」三段除了通過肖像描寫來表現，還使用了生動的語言、動作描寫，運用了通感、設問等修辭手法，並且使用了他人的評價等間接手段來表現，這樣，描寫的人物不再顯得平面化。

美中不足的是，「山茶花」一段中，沒有寫出山茶花的「堅強」是甚麼，如果多加描寫就好了。

另外，雖然是寫人為主的記敍文，但是一樣離不開寫「事」，人物的特點要在事件敍述的過程中展現出來。

23 我的媽媽

學校：聖公會青衣主恩小學
年級：小三
作者：黎子諾

作文

我家有一位「超能媽媽」，她既是出色的廚師、清潔工和教師，又是細心的護士。

媽媽有雙星星一樣明亮的眼睛，高高的鼻子，總是戴着一副舊款的眼鏡。她個子不高，但是做事麻利；她說話溫柔可親，話語就像泉水一樣滋潤心田。

每天早上，媽媽都會為我做早餐，並且送我去上學。然後，她就開始準備晚餐。做飯前她先到市場去買菜，為了讓我們吃到健康的食物，她認真地購買食材，一邊仔細比較、觀察食材的顏色、氣味，看食材是不是新鮮，一邊和老闆討

點評

- 寫媽媽身兼數職。
- 本段總述時提到媽媽是「廚師」、「教師」等等，後文分述形成呼應。
- 描寫媽媽的肖像。運用了比喻等修辭手法，體現了媽媽的特點。
- 詳寫媽媽是出色的廚師。
- 媽媽買菜的過程寫得很詳細、生動。

價還價。她做出來的菜色香味俱全，哪怕只是一盤簡簡單單的炒青菜，看上去也綠油油的，味道可口，我們吃得津津有味。她真不愧為一位出色的廚師。

● 舉例說明媽媽做的菜是如何的色香味俱全，給了讀者一個具體的印象。

媽媽還是一位能幹的清潔工。在家裏，無論有多累，媽媽都會把房子打掃得乾乾淨淨、一塵不染，給我們佈置了一個舒適的家。

● 略寫媽媽是能幹的「清潔工」。

放學後，當我做功課時，有不明白的地方，媽媽便像老師一樣，推一推鼻子上的眼鏡，坐到我身邊，細心地指導我，令我茅塞頓開；當我生病時，她又像一位細心的護士，精心地照料我，一會兒給我量體溫，一會兒給我倒杯水，使我很快就恢復了健康。

● 詳寫媽媽對「我」的教導和照顧。

● 對偶句式寫媽媽是教師、護士，很生動。

我真是要感謝媽媽，她總是任勞任怨地為子女做事，我覺得她相當偉大。

● 結尾表達對媽媽的感謝。

總評及寫作建議

本文描寫了作為出色的廚師、清潔工、教師和護士的媽媽。

在語言上，文章比較突出的優點是使用了不少成語，文字上比較簡約，也比較有表現力，同時還使用了比喻、對偶等修辭手段來潤色語言，增強了文章的表現力。

在結構上，本文詳略得當，重點突出。雖然選材比較簡單、常見，但是小作者不是平均用力，沒有重點，而是用心處理材料，突出重點，詳寫媽媽作為廚師、教師和護士的特點，略寫媽媽作為清潔工的特點，給讀者的整體印象比較鮮明。

由此可見，世界上不會存在兩片一模一樣的葉子，我們不能僅僅看到人人都有的那「兩隻眼睛一張嘴」，只有將眼中那個人的獨特之處寫出來，筆下的人物才能「活」起來。哪個媽媽不關心子女？哪個媽媽不會為孩子盡心準備飯菜，不會在他們生病時悉心照料？小作者將自己的媽媽與別人的媽媽區別開來，寫出了媽媽是怎樣「一絲不苟」地買菜、是如何細心指導自己學習、是如何精心照料生病的自己的。要做到這些，同學們需要將平時細心觀察到的生活細節寫出來，才能寫出活生生的人。

我最喜愛的老師

學校：聖公會青衣主恩小學
年級：小五
作者：吳智謙

作文

每當孔主任踏入課室，我們就會十分興奮，因為一天中最令人期待的課節將要開始了。

孔主任是我最喜愛的老師，教我們中文科。她眉清目秀的臉上，常常掛着親切的笑容；透過圓圓的眼鏡可以見到她炯炯有神的眼眸，誰在座位上有小動作，總難逃她的法眼。她向不守紀律的同學投去的責備的目光，就像秋天的勁風一樣，看到她的目光，再調皮的學生也會很快安靜下來聽課的。孔主任嗓音洪亮，即使不用擴音器，我們在課室的每個角落也都能清楚地聽到她講課的內容。

點評

- 開頭設置懸念，引起讀者了解孔主任的興趣。
- 描寫孔主任的肖像。
- 肖像描寫突出了人物的特點。

每一次上中文課，孔主任都會在兩節課之間讓我們稍作休息，並安排我們進行「一分鐘自由講」，由一些同學提出一道智力題，讓大家猜一猜，以此訓練我們的表達能力，又讓我們動動腦筋，更可以給我們一個機會舒展一下筋骨，從而在輕鬆的氣氛下學習。

- 介紹孔主任進行「一分鐘自由講」的自由教學。
- 對「一分鐘自由講」可以進行具體的描寫，以表現孔主任教學手段的靈活。

每一次考試前，孔主任都會送我們一顆「加油糖」，說是給我們打氣。雖然只是一顆糖，但它蘊藏了孔主任對我們的關懷和鼓勵。我們吃過「加油糖」之後，就像剛加滿油的跑車，勁頭十足，可以一口氣跑到終點！

- 寫孔主任考前送「加油糖」給大家打氣。
- 以大家的感受間接表現孔主任。
- 以車喻人，以「糖」為「油」，很生動。

有一次，我的默書成績不理想，在我默書簿上紅紅的七十六分旁，孔主任批了一句「加油！」希望我不要氣餒，繼續努力，不要放棄。看到這兩個字，我彷彿看到了孔主任親切的微笑和炯炯有神的雙

- 詳寫孔主任對「我」的關愛。
- 肖像描寫貫穿在敘事的過程中，十分自然生動。

眼。我立刻振奮起來，努力溫習，第二次竟獲得了一百零七分！孔主任又立刻在分數旁寫了一句「做得好！」讚賞我的努力。我頓時感到十分自豪，一下子對自己充滿了信心，且很有成就感呢！

孔主任和藹可親，常常跟我們打成一片。儘管我們不時會因為頑皮而冒犯她，可是她不但不會責罵我們，還會語重心長地勸導我們、心平氣和地教育我們。

●略寫孔主任和藹可親，表達對孔主任的感謝。

孔主任對我們循循善誘，用心栽培，她的教導已深深地刻在我們的心裏，是她令我真正領略到學習的快樂。孔主任，讓我由衷地說一聲：「您是我最喜愛的老師，謝謝您！」

總評及寫作建議

本文描寫了小作者最喜愛的老師——教學手段靈活、關愛學生的孔主任。

孔主任讓小作者又敬又愛，小作者利用肖像描寫表現對她的「敬」，除了「炯炯有神的眼眸」，還利用修辭來描寫她的眼神。同時，肖像描寫可以是靜態的，也可以是動態的。在敍事的過程中，小作者抓住孔主任的眼神與笑容不放，並投入自己的感情，使得人物十分生動。例如，當「我」看到孔主任在試卷上所寫的鼓勵話語時，就聯想起了她的笑容和眼神。

寫人不是只有直接描寫的方法，間接表現也很重要。文中寫「加油糖」，用同學們吃糖後的反應，成功地表現出孔主任靈活的教學手段，用一粒糖便調動起大家的學習興趣和熱情，反映出孔主任的聰慧。

從整體結構看，文章詳略基本合宜，內容安排符合由外貌而行為，由詳細而簡略的邏輯順序，讀起來讓人覺得十分順暢。

一般，大家在寫人時，喜歡以描寫肖像作為開頭，但也因常見而易落入俗套。本文則巧妙地設置懸念，在開頭便吸引了讀者，使大家對孔主任的課堂很是期待。而且懸念之後，後文寫的「一分鐘自由講」與「加油糖」兩件特殊的課堂內容，也能起到呼應的效果。另外，小作者把肖像描寫貫穿在敍事的過程中，伴隨語言、動作或心理描寫出現，顯得自然而生動。

25 我要感謝的人

學校：聖若瑟英文小學
年級：小三
作者：楊沛霖

作文

我一直很想感謝的人，就是我的爸爸媽媽。從我出生以來，爸爸和媽媽就對我關懷備至，寵愛有加，可以說我是在他們羽翼的保護下成長的。

爸爸每天都默默地工作，努力賺錢養家；媽媽下班後，還要埋頭做家務和精心地準備晚餐。晚飯後，他們不但仔細地替我檢查作業，還耐心地幫我溫習功課。

當我做錯事時，爸爸和媽媽會耐心地勸導我，要我改正；當我生病時，他們會陪我去看醫生，提點我吃藥後休息，媽媽還會給我煮一些清淡的食物，令我快些康復。

點評

- 開門見山，總寫爸媽是自己一直想感謝的人。
- 比喻形象而溫馨。
- 本段用對偶句寫了爸媽的辛勞：不僅要養家，還要做家務以及照顧「我」。
- 不同動作使用不同的副詞，令描寫更生動精彩。
- 本段用對偶句式寫生活中爸媽對「我」的關心愛護。

他們教會我很多做人的道理，使我能分辨是非，以禮待人。他們對我的愛和關心是無微不至的、無條件的，也是不能用物質去衡量的。我一定要加倍努力讀書，不辜負他們對我的期望，將來能成為一個有用的人，為社會作出貢獻。

- 結尾總收，感謝爸媽對自己的愛和關心。
- 對父母之愛的評價充滿真摯情感。

總評及寫作建議

本文的中心是寫對自己關懷備至的父母。

文章總起總收，從不同角度選材來表現父母對子女的愛。第二段選擇常態生活中的小事來寫，第三段選擇生活中偶爾出現的小事來寫，結構很嚴謹。

語言上，本文使用了不少修飾詞，使句子表意更加準確，內涵更加豐富。如「默默地」、「耐心地」、「埋頭」等。

本文語言樸實，感情真摯。不過，若能在寫爸爸媽媽的行為時多加具體的語言、動作、神情、心理等描寫，則人物形象會更生動。

作文加油站

詞彙寶盒

闖禍　摩擦　文靜　綻放　斯文　白淨　健壯　堅強
雨露　滋潤　燦爛　嚴肅　準備　照顧　舒適　指引
洪亮　冒犯　責罵　筋骨　舒展　氣氛　蘊藏　振奮
由衷　眼眸　羽翼　衡量　辜負　羞答答　甜絲絲
耳熟能詳　百折不撓　不眠不休　發揚光大　嬌小玲瓏
溫柔可親　津津有味　一塵不染　茅塞頓開　一絲不苟
討價還價　眉清目秀　語重心長　心平氣和　神采奕奕
發奮圖強　關懷備至　影響深遠　無微不至　肅然起敬

佳句摘賞

- 天才是九十九分的汗水加一分的靈感。
- 他是一朵太陽花，因為他長得很健壯，又總是眉開眼笑的，隨時隨刻都能讓你感受到他的熱情。
- 我們吃過「加油糖」之後，就像剛加滿油的跑車，勁頭十足，可以一口氣跑到終點！
- 爸爸和媽媽就一直對我關懷備至，寵愛有加，可以說我是在他們羽翼的保護下成長的。

在寫作中，文章一開頭便敍寫一些能夠引起讀者對主人公的情況和所做的事產生關切的語句，造成一種懸念的開頭手法，叫做「**懸念法**」。

「懸念法」是記敍文寫作的一種重要技巧，一開頭就能激發讀者急切看下文的欲望，具有很強的吸引力。同學們在寫人時，多習慣用肖像描寫開頭，這樣很容易落入俗套，大家可以嘗試在一開頭便設置懸念，引起讀者的閱讀興趣。一般來說，可以通過對人物神態的描寫設置懸念，通過對環境的描寫設置懸念，通過倒敍的方式設置懸念等。

1. 選詞填空：

照顧　　滋潤　　衡量　　羞答答

語重心長　　發奮圖強　　討價還價　　津津有味

(1) 小文是一個文靜的女孩，總顯得＿＿＿＿＿＿的，大家都說她好像一株「含羞草」。

(2) 春天的雨水＿＿＿＿＿＿了綠油油的麥苗。

(3) 媽媽做了一道豐盛的晚餐，我們吃得＿＿＿＿＿＿。

(4) 經過一番＿＿＿＿＿＿，小販終於賣出了最後一件商品。

(5) 奶奶年紀大了，行動不便，更需要我們的＿＿＿＿＿＿。

(6) 老師＿＿＿＿＿＿地囑咐同學們，上了中學更要努力學習。

2. 下列哪個句子運用了「懸念法」？

(A) 姐姐總是一個人坐着發呆、傻笑。你知道為甚麼嗎？告訴你，這是姐姐的秘密，你可別告訴別人，這得從兒時的一件小事説起⋯⋯

(B)「對不起，我又遲到了⋯⋯」阿明站在教室門口，説話的聲音小得像蚊子叫。

(C) 長長的眉毛，高興的時候就會高高地挑起來；明亮的眼睛，總是閃爍着快樂的光芒；紅潤的嘴巴，永遠掛着甜甜的微笑——他就是我的弟弟，我們家的「快樂王子」。

(D)「飛流直下三千尺，疑是銀河落九天。」寫出這樣氣勢磅礴詩句的，就是著名的唐代詩人——李白。

答案：＿＿＿＿＿＿

3. 續寫下列句子：

(A) 回到家裏，＿＿＿＿＿＿＿＿＿＿＿＿＿＿＿＿＿＿＿＿。

(B) 媽媽生氣了，＿＿＿＿＿＿＿＿＿＿＿＿＿＿＿＿＿＿＿。

(C) 老師對我們＿＿＿＿＿＿＿＿＿＿＿＿＿＿＿＿＿＿＿＿。

(D) 放學後，我和小美＿＿＿＿＿＿＿＿＿＿＿＿＿＿＿＿＿

＿＿＿＿＿＿＿＿＿＿＿＿＿＿＿。

(E) 我一直很想感謝的人就是＿＿＿＿＿＿＿＿＿＿＿＿＿＿

＿＿＿＿＿＿＿＿＿＿＿＿＿＿＿。

26 我的母親

學校：聖若瑟英文小學
年級：小四
作者：鍾朗然

作文

我的母親叫王樂欣，她個子不高，只有五呎三吋，身材胖胖的，動作卻很敏捷輕柔。她有一頭鬈曲的頭髮，一張圓圓的臉盤和一雙有神的眼睛。

她對人溫柔體貼，處事小心謹慎。她做事總是輕手輕腳的，每天早上，當我還在睡夢中時，就已經起牀，開始不聲不響地為大家準備早餐。媽媽每做一件事都會三思而後行，當遇上一些很傷腦筋的事情時，她都會運用聰明的頭腦去分析，並想一想可以用甚麼方法去解決這些問題。所以，我覺得她是一個有智慧的人。

點評

- 肖像描寫開頭，描寫媽媽的外貌。
- 「頭」、「張」、「雙」，量詞富於變化。
- 寫媽媽是一個溫柔謹慎、有智慧的人。
- 對偶句句式整齊。
- 通過細節描寫媽媽的溫柔體貼，很生動。
- 可否舉出具體的事例來説明媽媽的智慧？

媽媽曾經半真半假地對我抱怨：「我以前身體很健康和纖瘦，但是生了你之後，身材便『走樣』了。」話雖這麼說，媽媽為了我，還是成天忙忙碌碌、任勞任怨，特別是當我生病時，她總是整夜守在我的牀邊，不眠不休地看顧我，連眼睛都熬得通紅。所以，我覺得媽媽雖在「抱怨」，但卻又心甘情願地為了我而辛苦。所以，這句話我一直都記着，令我不會忘記母親的偉大。

- 結尾寫母愛的偉大。
- 媽媽的「抱怨」描寫細膩，選材很獨特，令人印象深刻。
- 間接表現媽媽的辛苦。

總評及寫作建議

本文描寫了「我」的溫柔有智慧的媽媽。

看得出來，小作者很愛自己的媽媽，情感表達真實質樸，對媽媽肖像的描寫也很傳神獨特，抓住了人物的特點，描寫細膩。

文章選材獨特，通過媽媽的「抱怨」來強調母愛的偉大，角度新奇。另外小作者詞彙豐富，寫作手法亦十分多樣，描寫媽媽時，運用了肖像、動作、語言描寫來表現媽媽的溫柔體貼和偉大，並利用間接表現的手法，表現母愛的偉大，從而比較立體化地展現了媽媽的形象。

美中不足的是，在表現媽媽的智慧時，小作者只是用概括的語言進行敍述，沒有舉出具體的事例來表現。如：「一些很傷腦筋的事」大概是甚麼事？媽媽是如何處理的？其實，在描寫時，人物的一些特點，必須要用具體事件的描述來體現，這樣文章才會顯得生動而形象。因此，寫作時要注意選材，而生活中並不缺少寫作素材，無話可說與無事可寫的原因在於缺乏對生活的仔細觀察。

跟鄰居伯伯學下棋

學校：聖若瑟英文小學
年級：小六
作者：陳彥中

作文

那天，金色的太陽高高地掛在天上，蔚藍的天空連一朵白雲也看不見。街上的行人張開各式各樣的傘遮陽，沒有帶傘的行人，就不停地用手帕抹着像雨水般落下的汗水。

媽媽接了我放學，然後就到街市買晚飯的煮食材料。我因為討厭街市那種令人作嘔的魚腥味，所以選擇留在公園裏。因為怕被路人取笑我這麼大個兒還玩盪鞦韆，我就去公園亭子裏看圍成一羣的伯伯們下象棋，這樣既能夠學習下棋，又能躲避猛烈的陽光。但是，也有一個壞處，就是要聞着伯伯們抽煙的臭味，不過總比聞魚腥味好。伯

點評

- 景物描寫開頭，直接寫天氣熱。
- 流汗似下雨的比喻間接寫天熱。
- 寫「我」能與陳伯伯相遇的原因。

伯們棋下得不亦樂乎，聽到他們說「幹嘛吃我的『車』」時，我便覺熱氣全消。

寫下棋的伯伯們的常見語言，生動且生活化。

就在這時，我忽然感覺身後有人。回頭一看，原來是一位伯伯，他熱得滿面通紅，有一頭稀疏的白髮，眉毛也白了。一雙烏黑的眼睛配着鷹鼻和凸出的面頰，樣子很是特別。他瘦削的手上捧着兩盤棋盅，盅裏分別放有黑棋子和白棋子。棋子光溜溜的，呈飛碟形，是圍棋棋子。他手上還拿着一塊木製棋盤，上面有一百六十九個交點。細問下，才知道他姓陳，是一間圍棋社的老闆。這時，陳伯伯擦了擦汗，小心地把棋盤平放在一張石桌上。原來他來這裏是為了宣傳，但他周圍連一個觀看的人也沒有。受到好奇心的驅使，我有些害羞地問：「您可不可以教我下圍棋？」陳伯伯爽朗地回答：「當然可以。」於是，他開始教我：「每一隻棋子

寫「我」與陳伯伯的相識。

呼應開頭的天熱。

先寫陳伯伯的肖像，再寫圍棋。將伯伯愛下棋的特點表現出來。

從觸感和形狀的角度寫棋子。

「當然可以」表現陳伯伯做事乾脆和對圍棋的熱愛。

有四口氣，兩隻棋子放在一起就有六口氣……」自那以後，我每天都到公園找他學圍棋。

有一天，我在住宅門口外竟見到了陳伯伯。我倆又驚又喜，原來陳伯伯是我的鄰居。他邀請我到他家裏作客，我也不客氣，興致勃勃地去了。一進門，就見客廳中間放着一張圍棋子形狀的茶几，最令我感興趣的，則是櫃頂的一些圍棋擺設和獎座，連廚房的櫃子頂部都放着圍棋擺設，可見陳伯伯是多麼喜愛圍棋。

● 寫巧遇陳伯伯並到他家去做客，寫了他家的擺設，表現其熱愛圍棋。

自此，我每隔一兩天，就到陳伯伯家學習圍棋，下圍棋的水平亦漸漸提高了。陳伯伯見我對圍棋這麼有興趣，便邀請我每逢星期六到他的棋社和其他學生練習。我想也沒有想便答應了。第一次來到棋社，我便立即興奮地坐在放有棋盤的桌子旁，開始與其他人下圍棋。過了大半年，由於父母希望我以學

● 寫陳伯伯及其學生下圍棋。

業為重，而且我還要應付考試，便不得不停止學習圍棋。

與陳伯伯的交往令我獲益良多。他不但教我圍棋棋法，還透過圍棋教了我很多人生哲理，並帶給我無窮的樂趣。現在，我閒時也會到他家和他「過一兩招」，我還打算等我升到中學後，繼續學習圍棋呢！

- 結尾表達對陳伯伯的感激之情。
- 以「過招」的俗語形容下棋，幽默生動。

本文寫了鄰居陳伯伯教「我」下圍棋的故事。

生活中往往充滿了巧合，總會因為偶然而發生一系列的故事。小作者與陳伯伯的交往便是如此。意外的相識、奇特的相遇及愉快的交往是構成「跟鄰居伯伯學下棋」的主要內容，同時也寫出了陳伯伯對圍棋的熱愛。文章結構完整，其中第二段初看似乎離題較遠，但卻是非常巧妙的一筆，「圍成一羣」的「象棋」伯伯們「不亦樂乎」，而孤身一人的「圍棋」伯伯卻顯得無人問津，兩相對比之下，讓我們對陳伯伯力圖推廣圍棋運動的熱忱更為感動。

本文運用景物描寫開頭，營造了氣氛，提供了事情發生發展的環境，後文在細節上與開頭的天氣炎熱相呼應，表現了陳伯伯獨自冒着炎熱的天氣，堅持不懈地宣傳圍棋，因此開頭便為全文預先埋下了伏筆。

同學們要記住：切忌為寫景而寫景，景物描寫的目的不僅僅是為了寫出某些景物來，而是一定有其目的，或者表達人物情感，或者推動情節發展……

文章美中不足的是，對陳伯伯的直接描寫除了肖像外，幾乎沒有語言描寫、動作描寫，如果能添加一段詳寫兩人下棋的文字，就更切題了。

28 劉翔，再次飛翔

學校：聖若瑟英文小學
年級：小六
作者：劉子揚

作文

二零零四年，我只有七歲，但對八月的一個晚上的情景卻記憶猶新。當時我們一家四口圍在電視機前觀看雅典奧運會。只見劉翔飛快地衝過終點，打破了紀錄，並取得男子一百一十米跨欄賽的金牌。他興奮地呼叫、跑跳，披着國旗，繞運動場激動地奔跑，自豪地接受觀眾的歡呼和祝賀。他的躊躇滿志、意氣風發牽動了每一個中國人的心。

劉翔創造了一個奇跡，因為在此之前中國男選手還從沒在奧運會上取得過田徑比賽的金牌，然而劉翔的運動員生涯並沒有因此便一

點評

- 寫劉翔奪冠。
- 動作描寫，表現劉翔奪冠的興奮。
- 成語準確表達了劉翔當時的精神狀態。
- 過渡段，前句承上「成功」，後句啟下「受挫」。

帆風順。

二零零八年的奧運會在北京舉行，並取得了巨大的成功，令全世界對中國刮目相看。然而舉國歡騰之時，每個人的內心還是留下了一絲遺憾——劉翔因腳傷而退出了比賽。國人議論紛紛，有人諒解他、支持他，也有人抱怨他、批評他，說他叫支持者失望了。

努力不懈地練習是運動員奪冠的前提，然而這又可能會帶來傷患，對運動員來說，這是何等的無奈！我覺得，就算是劉翔因傷患而不能再創高峯，甚至要從此退出比賽，但他確實已經創造了奇跡，也確實是能在跑道上超越歐洲和非洲運動員的第一個亞洲人，他的實力是毋庸置疑的，他依然是令中國人感到驕傲的劉翔。

劉翔向世人展示的不單是驚人的速度，還有過人的毅力。他幾年如一日地堅持艱苦的訓練，終於

- 寫劉翔退賽以及他人的評價，為後文抒發自己的見解做鋪墊。
- 對比手法，句式工整，比較效果明顯。
- 寫小作者對劉翔退賽的看法。
- 「就算是……但……也……」句式及「甚至」、「確實」、「毋庸置疑」、「依然」的使用，表現了小作者對劉翔被迫退賽的理解，以及對劉翔成績的肯定，強調了小作者對劉翔的情感。
- 結尾祝福劉翔再次飛翔。
- 「不單是……還有……」句式再次強調自己的觀點。

在雅典奧運會上奪冠。衷心祝願劉翔的腳傷早日康復，並在田徑場上再次飛翔！

本文敘述了劉翔取得的成績以及對他的評價。

文章側重對人物的評論，基本上按照先敘後議再抒情的次序安排，一、三段主要敘述，二、四、五段議論抒情。詳略得當，結構流暢連貫，條理井然。小作者在冷靜的敘事後，加以深入的分析，表現出很強的理性思考能力。

本文語言雖然並不華麗，但卻極為準確生動，同時，文章表達的情感豐富而真實，敘事清晰明瞭，議論部分文字簡潔有力，如「奇跡」一詞準確評價了劉翔的成績在中國奧運史上的地位，且富於情感。尤其是第四段，用詞妥切，議論精當；結尾感情的抒發真實自然。

29 我的爸爸

學校：嘉諾撒聖心學校
年級：小三
作者：黃曉螢

作文

爸爸今年四十歲，他身材肥胖，體型十分高大，臉上還戴着一副棕色的眼鏡，初看上去比較威嚴，實際上他卻和藹可親。他平日總是露出一臉真誠燦爛的笑容，讓人感覺與他龐大的身體不太相襯。

爸爸特別擅長操作和維修電腦，每當我遇到電腦上的難題，便會向他討教。有一次，我不小心弄壞了他的手提電腦，即使是擅長維修電腦，他擺弄了半天也沒辦法修好。他板着臉，平時的笑容全都不見了，重重地拍着桌子，把我狠狠地訓了一頓。一看到他少見的怒

點評

- 肖像描寫開頭，突出了爸爸高大的體型和純真的笑容。
- 真誠燦爛笑容與威猛身材的不襯，卻恰好寫出了爸爸肖像的特點。
- 寫爸爸擅長操作和維修電腦，以及「我」因弄壞電腦而被爸爸責罵。
- 神情動作描寫得很仔細，同時呼應了開頭對爸爸的肖像描寫。

容，我害怕得哭了起來。後來，電腦還是沒有修好，我鼓起勇氣去向他道歉，他看了看我，搖搖頭，摘下眼鏡，終於又笑了起來。一看到他燦爛的笑容，我就知道他雖然先前發了很大的火，其實心裏早已經原諒我了。

● 一連串的動作，描寫自然流暢。

爸爸是一名會計師，工作十分忙碌，常常要加班，所以每天都很晚才回家，真是很辛苦！可他總是笑着面對這一切。他每晚都會抽空跟我玩耍和談天，然後才睡覺。所以，我早就發誓在長大後，會好好地照顧他和媽媽。

● 寫爸爸的樂觀和對「我」的關心。

● 一個「笑」字寫出爸爸的樂觀。

雖然爸爸總是工作忙碌，沒有很多時間來陪我玩耍，但是我真的很感謝他！從現在開始，我要努力讀書，做個好孩子來報答他對我的愛。

● 結尾抒情，表達對爸爸的感謝。

● 抒情淳樸自然。

本文描寫了一位生性樂觀、關心孩子的爸爸。

文章所寫故事雖然很普通，但是感情卻真摰充沛。爸爸的笑容貫穿始終，父女之情亦貫注全文。首段的肖像描寫和第二段的神情動作描寫十分出色，突出了爸爸既威嚴又樂觀的特點，同時，一些細節描寫也使得人物形象不再公式化，而是具有獨特的個性特徵。

本文記敍有詳有略，重點突出，在結構安排上也很妥當，基本按照先詳寫再略寫的邏輯順序安排段落，而且段與段之間銜接緊密，過渡自然，整個文章給人渾然一體的感覺。

當然，本文如果在語言上還能注重修飾，利用連詞、副詞等的修飾作用，增強語言的表現力就更好了。像「他每晚都會抽空和我玩耍和談天，然後才睡覺」一句，如改為「但是不管他有多累，哪怕時間只允許他陪我幾分鐘，他也要每晚都跟我玩耍談天，然後才拖着疲憊的身體去睡覺」。這樣不僅能表現與前文的轉折，銜接上文，更能表現爸爸對子女愛的無私偉大。

30 我最喜歡的友伴

學校：嘉諾撒聖心學校
年級：小四
作者：鍾雪楠

作文

我的朋友鍾詠沂不僅樂於助人，而且為人孝順。我們雖然經常吵架，但我仍然很喜歡她。

詠沂圓圓的臉上有一雙大大的眼睛，總是射出熱情的目光，高高的鼻子下是一張小小的嘴巴，嘴角時時都掛着甜甜的微笑。她不但樣子漂亮，而且心靈也美。

記得一個炎熱的夏天中午，我和她手挽着手一起去吃飯，只見前面有一個不良於行的伯伯，手提一袋蘋果，腳步蹣跚，看上去蘋果分量還不輕。因路面凹凸不平，他

點評

- 開門見山，總述鍾詠沂孝順且樂於助人。
- 病句，關聯詞位置錯誤，應改為「雖然我們經常吵架，但我仍然很喜歡她」。
- 描寫鍾詠沂的肖像。
- 本段承上啟下。
- 寫詠沂與「我」幫助老伯伯。
- 描寫非常細膩，恰到好處地運用動詞，將老伯

一不小心，右腳踩到一個小坑裏，整個身子沒有穩住，搖晃了幾下，跌倒在地，連手裏的一袋蘋果也被甩到了旁邊，袋口鬆開，幾個蘋果「骨碌碌」滾了出來。詠沂看見了，露出關切的神情，她立刻甩開我的手，三步併作兩步奔上前去。她用力把老伯伯扶坐起來，連聲問他：「老伯伯，您有沒有摔到哪裏？您還好吧？能起來嗎？」我這才回過神來，也趕緊跑了過去。見老伯伯搖頭說「沒事」，詠沂和我小心翼翼地想幫老伯伯站起來，我倆用盡力氣一個在後面推，一個在前面拉，終於把老伯伯扶起來。詠沂又去一個個地撿回滾出袋子的蘋果。本來我想事情已經完了，誰知道詠沂堅持要把老伯伯送回家。後來，我倆慢慢地扶着老伯伯走回了他的家，這才去吃飯。雖然我們已經很餓了，可詠沂目光中充滿了喜悅和滿足，她說：「沒甚麼，老伯伯能

伯跌倒的過程寫得非常生動，使人如同目睹。

- 寫神情。
- 動作描寫與語言描寫表現出詠沂熱心助人的性格特點，尤其是「甩」、「奔」、「連聲問」等，寫出詠沂的迅速與急切，而後不動聲色的語言描寫，將人物的善良表現得淋漓盡致。

- 寫眼神。
- 語言描寫樸實，表現了人物質樸的品質。

安全到家才最重要。」從這件事我看到了詠沂樂於助人的一面。

又有一次，我到詠沂家找她，但她卻不在，她似乎忘了與我的約會，這令我非常惱怒，我想：「她怎麼能這麼言而無信呢！」當她回家後，發現我正在等她，大眼睛裏一下子滿是歉意。我氣呼呼地問：「你是不是忘了？讓我白等了這麼久！」詠沂立刻跟我道歉：「對不起！因為外婆在馬路上跌倒了，所以，我要跟媽媽去探望她。」「喔，是這樣啊……是我錯怪你了。」聽完她的解釋，我不再氣憤，反而被她的孝心感動了。

- 寫詠沂的孝順。
- 再寫眼神。細節描寫生動地傳遞出人物的情感。
- 用直接的對話，直觀地表現了「我」的憤怒的來臨和消去，同時對開頭的「我們雖然經常吵架，但我仍然很喜歡她」作出了最好的詮釋。

我喜歡她的助人為樂，也喜歡她的孝順，我會向她學習的。

- 呼應開頭，寫「我」會向詠沂學習。

總評及寫作建議

本文描寫了樂於助人、為人孝順的好朋友鍾詠沂。

文章的整體結構很嚴謹，重點突出，詳略安排也非常恰當，顯得層次分明，內容具體。文章取材於真實的生活，語言流暢，用詞準確，使得幫助老伯伯的段落描寫極其細膩生動。人物的語言描寫也突出了其性格，加上豐富的動作描寫，本文將人物的思想品質完美地呈現了出來。

都說眼睛是心靈的窗戶，寫人時應該注意通過描寫人物的神情和眼神，表現出其獨特的個性。本文通過細節描寫，幾次寫人物的眼神，非常成功地表現了人物善良孝順的特點。

第二段的肖像描寫突出了人物的個性，同時結構上起到了承上啟下的作用，加上第三段中眼神的細節描寫，使得人物形象將更加立體化，更加飽滿。

可見，儘管肖像描寫的方法很多，要達到最佳效果，還是要學會在最恰當的時候寫出最能代表人物個性特徵的內容。

作文加油站

詞彙寶盒

敏捷　纖瘦　抱怨　躲避　擺設　發覺　興奮　應付

牽動　奇跡　遺憾　肥胖　體型　龐大　擅長　疲倦

擺弄　安慰　原諒　蹣跚　骨碌碌　氣呼呼　傷腦筋

溫柔體貼　小心謹慎　半真半假　各式各樣　令人作嘔

不亦樂乎　滿面通紅　又驚又喜　興致勃勃　獲益良多

記憶猶新　躊躇滿志　意氣風發　一帆風順　刮目相看

舉國歡騰　議論紛紛　努力不懈　毋容置疑　早日康復

真誠燦爛　不良於行　凹凸不平　小心翼翼　助人為樂

佳句摘賞

- 他板着臉，平時的笑容全都不見了，重重地拍着桌子，把我狠狠地罵了一頓。

- 因路面凹凸不平，他一不小心，右腳踩到一個小坑裏，整個身子沒有穩住，搖晃了幾下，跌倒在地上，連手裏的一袋蘋果也被甩到了旁邊，袋口鬆開，幾個蘋果骨碌碌滾了出來。

- 詠沂看見了，立刻甩開我的手，三步併作兩步奔上前去。她用力把老伯伯扶坐起來，連聲問他：「老伯伯，您有沒有摔到哪裏？您還好吧？能起來嗎？」

把兩個或兩個以上在意義上有密切聯繫的句子組合在一起，叫「**複句**」，也叫關聯句；在關聯句中連接分句與分句的，標明分句之間關係的詞語，就叫「**關聯詞**」。

這裏主要說說「關聯詞位置」的問題。任何詞語在句中都有其固定的位置，關聯詞也不例外，有些關聯詞在複句中的位置由分句的主語是否相同而定：如果主語相同，關聯詞可以放在主語之後；如果主語不同，關聯詞就要放在主語之前。《我最喜歡的友伴》首段便出現了關聯詞位置不當的問題。

1. 選詞填空：

原諒	安慰	躲避	疲倦
議論紛紛	舉國歡騰	躊躇滿志	小心翼翼

(1) 看到前方有個老奶奶摔倒了，阿文連忙趕上去________________地把她扶起來。

(2) 小麗為了______________這突如其來的大雨，只好一直留在學校裏。

(3) 他________________地舉起他在繪畫比賽的得獎作品，接受全場的拍手歡呼。

(4) 爸爸辛勞地工作了一天，回到家裏已經十分＿＿＿＿＿。

(5) 總經理突然辭職一事引起公司上下＿＿＿＿＿＿＿＿，討論不絕。

(6) 小紅這次考試成績不好，情緒很低落，我們不知如何＿＿＿＿＿＿＿她。

2. 下列哪個句子關聯詞的擺放位置正確？

（A）不但他為人孝順，而且樂於助人。

（B）她因為成績好，所以大家都很佩服她。

（C）雖然爸爸對我很嚴厲，但我還是很喜歡他。

（D）不但他想去公園玩，也我想去。

答案：＿＿＿＿＿

3. 續寫下列句子：

（A）雖然爸爸一向很疼我，但是＿＿＿＿＿＿＿＿＿＿＿＿＿＿＿＿＿＿＿＿＿＿＿＿＿＿。

（B）約好了見面，姐姐卻沒有出現，我急得＿＿＿＿＿＿＿＿＿＿＿＿＿＿＿＿＿＿＿＿＿＿＿＿＿＿＿＿＿＿＿＿。

（C）小明＿＿＿＿＿＿＿＿＿＿＿＿學業成績好，＿＿＿＿＿＿＿＿＿＿＿＿＿＿＿＿心地善良，樂於助人。

（D）媽媽每天總是很早起牀，因為＿＿＿＿＿＿＿＿＿＿＿＿＿＿＿＿＿＿＿＿＿＿＿＿＿＿。

（E）從現在開始，我們＿＿＿＿＿＿＿＿＿＿＿＿＿＿＿＿＿＿＿＿＿＿＿＿＿＿＿＿＿。

31 白婆婆

學校：嘉諾撒聖心學校
年級：小五
作者：陳君兒

作文

「白婆婆！」為甚麼我稱她為白婆婆呢？事實上，白婆婆並不姓白，只是因為她每天早上都準時出現在公園裏餵白鴿，所以我才這樣稱呼她。

白婆婆總是頭上戴着一頂深藍色的毛線帽子，口中叼着一根香煙。每天早上，我在上學途中，都會看見白婆婆餵白鴿。只見她左手拿着一袋麪包屑，右手抓出一點點，輕輕地撒在地上，鴿子們便急忙飛了過來，爭先恐後地搶食地上的麪包屑。白婆婆看着牠們，低聲笑了起來，她取下嘴裏的煙，喃喃地說：「別搶，別搶，還有呢。」

點評

- 設置懸念，繼而解釋「白婆婆」稱呼的由來。
- 直接以稱呼開頭，新穎別致。
- 寫白婆婆的肖像及她餵鴿子的情景。
- 採用簡筆勾勒白婆婆的形象，簡潔而生動。「叼」字很形象。
- 動詞和副詞使用準確，對白婆婆餵鴿子的場景描寫十分細膩生動。

因此，每當白婆婆從那兒走過，總會有一羣鴿子興奮地跟在她背後，等待白婆婆餵牠們。我總覺得那些鴿子和白婆婆心靈相通。

今天我上學時，發現白婆婆沒有來，只見幾隻鴿子不住地舉頭探望，像在到處尋找着她的蹤影。沒有了白婆婆，那些鴿子的樣子似乎很可憐。

- 寫白婆婆沒有來餵白鴿。
- 「舉頭探望」、「尋找」，將鴿子無意識的動作當作是有意的，很生動。
- 以移情手法寫鴿子，「可憐」一詞更讓鴿子有了人類的情感。

就在前幾天，白婆婆如往常一樣在公園裏餵白鴿時，忽然有一位保安員一臉嚴肅地走到她面前說：「這裏是嚴禁餵飼白鴿的。」我心想：白婆婆聽了這番話後會否覺得很傷心呢？但白婆婆只是愣了一下，輕輕地搖搖頭，依然面帶着微笑，慈祥地看看眼前啄食的鴿子，然後緩緩地將手裏的麪包屑放下，轉身慢慢地走了。我相信白婆婆的內心一定受了很大的打擊，也一定感到依依不捨。

- 倒敍，交代白婆婆沒來餵鴿子的原因。
- 對白婆婆一連串的神情動作描寫很細膩，尤其是「愣」、「搖頭」的動作與副詞「緩緩地」、「慢慢地」，表現出白婆婆內心的無奈與不捨。

白婆婆是一個非常有愛心的人，我想，她會很掛念那些鴿子的，而那些鴿子也會非常掛念她吧！那些白鴿因為有了白婆婆陪伴才長得健健康康，而有了牠們的陪伴，白婆婆也不會感到寂寞。

● 寫自己的感想，感情真摯。

總評及寫作建議

本文描寫了一位對鴿子充滿愛心的白婆婆。

小作者細心觀察生活，由己度人，將心比心，寫出老人與鴿子之間的情誼，從選材方面看很成功，值得讚許。可見，只有源於真實生活的素材，才易使人產生真實的情感，進而打動讀者，因此，文中即使是只有一句話、一個表情的保安員，也讓讀者感到真實生動。

小作者在敘事的過程中，字裏行間流露出冷靜和緩的態度，白婆婆餵鴿子時的溫馨，被保安驅趕時的無奈，失去白婆婆照顧的鴿子的感傷，都是那樣淡淡地表現了出來。小作者在敘事過程中含蓄地傳遞了情感，尤其是對鴿子的描寫，完全源自小作者主觀情緒的驅使。

同時，小作者對主人公的描寫十分具體細膩。如白婆婆餵鴿子的場景和離開鴿子時的動作描寫，都十分到位。很多時候同學們並不是不想描寫仔細，而是總覺得好像三言兩語之後就沒甚麼可寫的了。事實上，如果同學們了解了動畫片的製作過程，就知道先將連貫的動作分解成一個個畫面，再貫穿起來，人物自然就會「活」起來。

另外，寫動作的時候，要注意加上副詞進行修飾，這樣人物的情感就能在動作中體現出來，人物的形象也會更加豐滿。如本文第三段，使用動詞拿、抓、撒、笑、取、說，寫出了白婆婆對鴿子的喜愛；副詞「輕輕地」、「喃喃地」則寫出了老人動作的舒緩。

偉大的科學家居里夫人

學校：滬江小學
年級：小六
作者：陳心妍

作文

點評

她，是世界上第一位兩次獲得諾貝爾獎的科學家；她，挽救了許多癌症病人的生命；她，是一位不被榮譽所腐蝕的人。她，就是偉大的科學家——居里夫人。

● 首段介紹人物事跡和姓名。

● 運用排比句式開頭，別具一格。

居里夫人本名瑪麗·斯克勞多夫斯卡，她從小聰明好學，對身邊的事物充滿着好奇心。到她二十三歲時，終於一償所願，入讀巴黎大學物理系。在往後的三年間，她相繼獲得物理學及數學學士學位，為她日後的成就奠定基礎。

● 寫求學經歷。

之後，瑪麗在一次偶然的機會認識了皮埃爾·居里，他們經常一起研究，彼此建立了深厚的感

● 寫與居里的結合。

情，到瑪麗二十七歲那年，她成為了居里夫人。

不久，他們發現了一種具放射性的物質，他們為此發現而感到鼓舞，而且不斷的實驗成功成為推動力，令他倆有更大的幹勁去投入研究，他們每日廢寢忘餐，全神貫注於研究之中。

- 寫研究上的新發現。
- 搭配不當，改為「受到鼓舞」。語序不當，改為「實驗的不斷成功」。
- 運用成語寫出他們的專心忘我。

「有志者事竟成」，他們終於得到努力所「結」下的成果，他們發現了兩種新元素——「釙」和「鐳」。為了拿出真憑實據來證實他們的研究成果，居里夫婦又繼續在一間破舊的實驗室中，為提煉「鐳」而奮鬥。就這樣，年復一年，月復一月，光陰像流水般迅速流走，居里夫婦度過了八年的艱苦歲月。在這八年，他們幾乎與世隔絕。過程中，居里先生得了四肢疼痛的病，渾身乏力，所有體力勞動就落到居里夫人身上，令她筋疲力竭。到底「皇天不負有心人」，經

- 引用熟語。
- 實驗提煉出鐳。
- 調換兩句順序，先「月」後「年」。
- 以流水的流走喻時光的逝去，十分形象，且若將「迅速流走」改為「緩緩流逝」，更能表現居里夫婦漫長歲月中所遭遇的艱難困苦。
- 引用熟語。

過他們一番努力，他們終於從八噸瀝青鈾礦殘渣中提煉出十分之一克珍貴的鐳。

- 末句列數字以對比，説明實驗的難度極大。

鐳的發現轟動全世界，亦為癌症病人帶來福音，挽救了許多病人的性命。有人鼓勵居里夫婦去申請專利，那麼他們便可得到一筆可觀的金錢，但居里夫人出人意料地拒絕了，因為她認為科學成果是應該屬於全世界的。居里夫人把自己辛苦得來的成果無私地貢獻給社會，毫無保留地將製鐳的方法公開了，造福人類，因此她獲得了諾貝爾物理學獎。

- 無私貢獻出研究成果，一獲諾貝爾獎。
- 將「有人」的鼓勵與居里夫婦的行為作對比，寫出居里夫婦的偉大。

在居里夫人三十八歲時，她的丈夫因車禍喪生，雖然她心如刀割，但她知道不能自怨自艾，所以很快便重新振作起來，繼續居里先生生前的研究，她分析出鐳元素的各種性質，精確地測定了它的原子量。瑞典皇家科學院為表揚居里夫人在她丈夫逝世後所取得的一系列

- 克服失去丈夫等痛苦，二獲諾貝爾獎。
- 「心如刀割」寫出居里夫人痛苦的內心。

科學成就，在一九一一年再次給她頒發諾貝爾化學獎，令她成為首位兩次獲得諾貝爾獎的女性科學家，亦使她的名字在一日之間聞名世界。

居里夫人一生坎坷，遇到數不盡的困難，經歷各種磨練，她始終沒有放棄，憑着堅毅不屈、自強不息和孜孜不倦的精神，創造出奇跡，亦令她成為世界上最偉大的科學家之一。

● 全文總結：對居里夫人的評價。

總評及寫作建議

本文記敍了著名科學家居里夫人的事跡。

讀完本文，我們會對居里夫人的一生有較為清晰的認識，小作者選材豐富，對居里夫人的重要信息都有涉獵，在佈局安排上也非常精心，略寫其求學、婚姻經歷，將重點放在發現、提煉鐳和兩次獲得諾貝爾獎上，因此文章內容充實，條理清晰，重點突出，結構合宜。開頭頗有新意，結尾的議論作結點明中心主題，恰到好處。

語言上，除去個別處用詞造句的問題，基本流暢自如，詞彙非常豐富，熟語的隨手引用為文章增添了文采。

不過，居里夫人作為世界知名人士，很多事跡大家已經耳熟能詳了，因此，新材料與新寫法在吸引讀者方面就更為重要。如果能掌握較為新穎的材料就更有把握吸引讀者。而寫法上，小作者開頭的嘗試非常成功。對於某些內容，也可以試着用「想像」手法來寫。如居里夫婦提煉鐳的艱難過程，居里夫人在失去丈夫後的痛苦等等。做實驗時，居里夫人大概需要做哪些體力活？她要如何克服困難？當居里夫人剛知道噩耗時，她會有怎樣的表情動作呢？如果我們能進入人物的內心世界，就能寫出充滿情感的文字來。從這一點上說，本文作者雖然也有情感的投入，但始終給人一種置身事外的冷靜感覺，因此讀者在閱讀時所產生的共鳴就要少得多。

33 我的媽媽

學校：滬江小學
年級：小六
作者：馮海琪

作文

媽媽十月懷胎誕下我，每日都照顧我，十分疼愛我，她總是默默地支持我，讓我一步一步地走上成長之路……我認定世界上最偉大的人就是我的媽媽。

媽媽是一個平凡的人。她有一頭淡咖啡色的鬈髮，瓜子臉，高而直的鼻樑和櫻桃小嘴。雖然她平日很樸素，從不裝扮自己，但在我心目中，她永遠都是最漂亮、最溫柔和最自然的。

媽媽性情溫柔，心境開朗，臉上永遠都掛着一絲燦爛的笑容，一副無憂無慮的樣子。她的笑容，會讓我忘記憂愁，學會積

點評

- 首段指出自己認定媽媽是最偉大的人。
- 此處應保持語言風格的一致，「誕」是文言的表達，改為「生」更合乎全文通俗的表達。
- 寫媽媽的肖像，條理分明。「櫻桃小嘴」不適合形容成年人。
- 改「裝扮」為「妝扮」。後者才指修飾打扮。
- 以笑容寫媽媽開朗積極的性格。

極面對人生。

媽媽常把她的座右銘「助人為快樂之本」掛在口邊，經常提醒我們要幫助有需要的人。每當經過一些慈善機構，她都會毫不猶豫地捐款。我也會以媽媽為榜樣，正所謂「施比受更有福」！

- 寫媽媽喜好助人為樂。
- 「經過」、「機構」動賓搭配不當，改為「每當遇到慈善活動」。

媽媽也是一個細心的人，每當天氣開始轉涼的時候，她便會提醒我要小心身體，以免着涼。冬天來臨，媽媽會動手給我織毛衣，讓我感受到濃濃的暖意。

- 寫媽媽對我的細心關懷。

不過，媽媽有時也會像一個女巫。當我默書不合格時，她會狠狠地責罵我；當我和哥哥吵架時，她會制止我們；當我撒嬌要買玩具時，她不會理會我。初時，我真的覺得媽媽蠻不講理，但當我漸漸長大，我就明白到媽媽用心良苦，其實她只是因為疼愛我才這樣的。

- 寫媽媽對我的嚴厲。
- 將媽媽比作女巫，與上文的溫柔體貼形成鮮明對比。
- 使用排比句列舉現象事實是常用手法，可以充實文章內容。

每逢假期，她更會帶我出外

- 寫媽媽對「我」的健康教育。

旅遊。這既可以增廣見聞、認識當地的風土人情，又可以呼吸新鮮的空氣。媽媽除了希望我有理想的學業成績之外，還要我有健康的身體。俗語云：「健康就是財富。」沒有強健的體魄，又怎會有精神去讀書呢？

● 引用俗語，反問修辭加強語氣。

我和媽媽關係良好，就像好朋友一樣，常常互訴心事；我和媽媽都是「購物狂」，常常一起逛街。我們也經常研究衣服怎樣才能配搭時尚、哪一首流行歌曲較悅耳等。

● 寫母子關係融洽。

● 使用「常常……常常……」組成排比句，增強表達效果。

媽媽，我形影不離的好友，我十分害怕的女巫，我敬愛你，尊重你，媽媽！你循循善誘，令我的成績更進一步；你和我分擔心事，令我重現笑容；你狠狠的責罵，令我改正錯誤……感謝你對我做過的每一件事，對我說過的每一句話。希望媽媽你繼續做我的「明燈」，引領我邁向光明的大道。

● 結尾抒發對媽媽的感激之情。

● 再用排比修辭。

● 將媽媽比作「明燈」，寫出媽媽對我的教育，呼應前文。

本文描寫的是「我」可愛又「可怕」的媽媽。

本文最大的優點在於材料的豐富，由媽媽的外貌、性格等寫到媽媽對我的教育及母子之間的親密關係。選材的多樣化足可說明小作者對媽媽的深厚感情。其次，同是寫媽媽，小作者在選材上，突破了只會寫媽媽對孩子生活上的照顧的局限，把媽媽對子女的教育手段和內容與母子關係，作為切入點來間接寫媽媽。因此，我們看到了熱愛旅遊、關注健康的媽媽，看到了特殊時候似女巫一樣可怕的媽媽。尤其是後者，還打破了媽媽一貫溫柔、爸爸才可以嚴厲的俗套。試想，女巫那樣叫人「可怕」的媽媽，小白兔那樣讓人喜愛的爸爸，猴子一般頑皮的祖父……是不是更有趣呢？如果，我們在寫人物時，拋棄一些定勢思維，找到寫作對象獨特的一面，成功就能有足夠的把握了。

文中除去肖像描寫外，極少對媽媽的語言、動作、心理等有細緻的描寫，這是不足的一面。小學生在寫人時往往習慣自己來敍述交代人物的特點、事件的原委，可結果是說得越多，越說不清楚。如果學會讓筆下的人物「自己說話」、「自己做事」，讓讀者看到他們的行為，了解他們的內心，那時候，毋需作者再做任何說明，讀者對人物都會有評判。

語言較流暢，在使用如引用、排比等修辭手法時比較嫻熟，也會恰當使用一些成語、俗語等。

一個令我敬佩的清潔婆婆

學校：寶血會嘉靈學校
年級：小五
作者：容寶榕

作文

許多人敬佩的都是些明星或歷史偉人，但我最敬佩的卻不是甚麼名人，她只是一位曾經負責清掃我們住所大廈的婆婆。

記得每天早上，婆婆總要上下八層樓，不辭勞苦地替我們清理垃圾。每次碰見她，她總帶着慈祥的笑容和我打招呼。她的笑容就像寒冬的暖房，讓人感到暖洋洋的。

記得有一次，我放學回家，看見一位年邁的婦人在我們大廈樓梯前徘徊。原來，她要上六樓去探望女兒，可是她的腿受過傷，行動非常不便。剛巧我也要上六樓，起

點評

- 開頭運用對比，引起讀者的閱讀興趣。
- 略寫清潔婆婆的敬業和慈祥溫暖的笑容。
- 藉助想像寫清潔婆婆笑容的暖意，非常生動。
- 三、四、五段詳寫清潔婆婆幫助行動不便的老婦人上六樓。

初，我打算攙扶老婦人一起上去，可是見到她年紀這麼大，腿腳又不好，要是上樓的時候出了甚麼意外……左思右想，我猶豫起來。

就在這時，清潔嬸嬸從這裏經過，一見這情形，她立刻丟下手上的清潔用品，向那老婦人跑去，然後小心地扶着老婦人走上了樓梯。她一邊爬樓梯，一邊跟那老婦人聊天。很快，她溫暖的話語讓老婦人解開了緊鎖的眉頭，露出了開心的笑容。就這樣，她們到達了老婦人女兒的家。老婦人的女兒見嬸嬸這麼好心腸，便決定送給她一些禮物作為回報。可是她並沒有接受，只是誠懇地對老婦人的女兒說：「謝謝你的好意，但是不用了，因為幫助你的母親是義不容辭的事情。」

這件事情使我深受感動。清潔嬸嬸始終未被生活的艱辛磨滅的樂於助人的精神，令我佩服得五體投地！

- 通過「我」與清潔嬸嬸的對比，表現出清潔嬸嬸的樂於助人。
- 使用副詞、動詞描寫人物的動作，表現了清潔嬸嬸急人所急、熱心助人的品格。
- 對老婦人神情的描寫，側面表現了清潔嬸嬸的熱心。
- 老婦人女兒的感謝可以通過直接的語言描寫來表現。
- 直接的語言描寫，表現了清潔嬸嬸的樸實。
- 描寫旁觀者「我」的心理，議論的同時又抒發了情感，側面表現了清潔嬸嬸的助人為樂。
- 「五體投地」表現出敬佩到極點。

後來，清潔嬸嬸因年事已高，不再工作，可是住在這幢大廈的人仍然很惦念她，不時會託她的女兒給她送一些禮物。前幾天，突然傳來清潔嬸嬸因病離世的消息，大家都十分傷心，紛紛唸叨着「可惜呀」、「要是能早點去看望她就好了」。

● 六、七段以大家對清潔嬸嬸的懷念來間接寫清潔嬸嬸。

現在，她清掃過的地面，靜靜地「呆」在大廈裏；她幫助過、服務過的人，在默默地懷念着她的熱心；目睹了她是如何幫助別人的我，在悄悄地回憶着她的一點一滴……

● 運用排比，體現了大家對清潔嬸嬸的懷念，比較有感染力。

清潔嬸嬸，你可知道，你一直是我心中十分敬佩的人呢？

● 問句結尾，呼應開頭，情感含蓄雋永。

總評及寫作建議

本文描寫了一位慈祥善良、樂於助人的清潔嬸嬸。

文章在內容上有詳有略，言之有序，結尾集中表達感情，既照應開頭又總結全文，首尾連貫，讀來一氣呵成。

對於人物的刻畫，小作者將正面描寫（直接描寫）和側面描寫（間接描寫）結合起來，使人物形象更加立體化。既正面寫了人物的肖像、動作、語言，又以他人的感受和反應來側面表現人物慈祥、樂於助人的特徵，避免了人物形象的平面化和寫作手法的單一。

在表達上，本文採用多種表達方式，一邊敘事，一邊議論抒情，文筆活潑。尤其是結尾的問句，將無盡的情感貫注於簡單直白的表達中，從而引起讀者的思考，意味深長。

不足處在第四段，老婦人女兒的答謝如果能直接用語言描寫來表現，後文清潔嬸嬸的拒絕將會更有說服力。

35 我的爺爺

學校：寶血會嘉靈學校
年級：小五
作者：梁琬琪

作文

爺爺雖然今年已經八十六歲了，但除了聽力不太好，他整個人都顯得非常精神，臉色十分紅潤，頭上只有少許白髮。他長有兩道濃濃的眉毛，目光慈祥，讓人覺得和藹可親。他的耳朵長長的，但不喜歡聽別人說三道四；他的牙齒全是假牙，卻沒有影響他「饞嘴」的習慣。

爺爺認為早睡早起對健康很重要。以前，他每天早上五時便起牀，然後到公園裏晨練，晚上八時左右便上牀睡覺。平日裏，他愛舒舒服服地靠在家裏的沙發上，津津有味地看電視、聽廣播；有時候，

點評

- 肖像描寫開頭，突出了人物的性格特點。
- 兩個轉折句將爺爺的外貌特徵與性格特徵聯繫起來寫，新奇有趣。如後文通過幾件小事來表現這些特點，將更具體形象。
- 描寫爺爺的日常生活。
- 運用對偶句描寫爺爺看電視、聽廣播和看報紙的日常生活影像。「有時候」一句非常形象，是很多普通老人日常生活的縮影，極具畫面感。

他會在鼻樑上架一副老花鏡，聚精會神地看報紙、讀雜誌。這些日常生活習慣，與其他老人家沒有多大分別。

爺爺很喜歡幫助人，雖然他自己是一個上了年紀、需要別人幫助的人，但是每次出門，看到車水馬龍、遊人如鯽的馬路上，有行動不便的老人一步三探地過馬路，他都會三步併作兩步趕過去，伸手扶住對方的手臂，微笑着安慰說：「別擔心，我來扶你過馬路。」有時候，看到對方露出不放心的神情，他還會用力拍拍自己的胸膛，爽朗地笑道：「放心，我天天鍛煉身體，而且早睡早起，身體很好的，不會讓你出事！」

- 本段詳寫爺爺幫助行動不便的人過馬路，表現他樂於助人的品質。

爺爺平日衣着樸素、簡單，是個十分儉樸的老人，但只要聽說有籌款活動，他都會積極參與。

- 略寫爺爺積極參與籌款活動，進一步表現爺爺喜歡幫助別人的特點。
- 運用轉折，強調爺爺的樂於助人。

原本，我們是和爺爺一同住的，但四年前我們搬到了九龍區居

- 略寫爺爺突然中風。

住，就和爺爺分開了。後來，爺爺不幸發生了一宗意外。那天，大伯和三伯約爺爺到茶樓吃午飯，但等了很久爺爺都沒有到。三伯給他打了電話，也沒人接聽。他們馬上趕到爺爺家，打開門後，發現爺爺倒在洗手間的地上昏迷不醒……原來，爺爺中風了。

● 小作者寫出家人發現爺爺中風的全過程，非常細緻，將家人對爺爺的關愛表露無遺。

　　現在，爺爺被送到老人院居住，我們一有空就帶上各種禮物去探望他。雖然爺爺的身體已不如以往壯健，不過，他得到了家人無微不至的關懷，心境依然開朗。我最開心的還是聽到他不厭其煩地提醒我們：早睡早起身體好！

● 結尾寫得很動情，尤其是爺爺的這句話，既呼應了前文，也將親人間的彼此關懷、彼此惦念表現得淋漓盡致。

本文主要寫樂於助人的爺爺，以及家人對爺爺的關懷。

本文語言流暢，貼近生活實際，讀來令人備感親切。其中一、二段對爺爺的肖像描寫和日常生活的描繪很精彩，尤其是個別句子的表現力非常強。雖然只是三言兩語，但可看出小作者對人物的觀察細緻入微，對人物性格的把握也非常到位。

在表現爺爺的樂於助人時，小作者運用了對比、語言描寫、動作描寫等手法，將爺爺「喜歡幫助別人」的品質立體地表現了出來，這比平鋪直敘地寫爺爺如何喜歡助人顯然要技高一籌。

本文詳略得當，結構合宜。因為文章的中心人物是爺爺，主題應是表現爺爺的性格特點，因此第三段爺爺如何幫助人是詳寫、第五段家人對爺爺的態度則是略寫。小學生在選擇材料時往往只注重自己有沒有可寫的內容、能不能把事情寫出來，而容易忽略材料與主題的關係，結果造成選材失誤或詳略不當。應否選擇某材料，對它應是詳寫還是略寫，一定要看它能否表現及在多大程度上表現描寫的對象。

事實上，本文在開頭的肖像描寫中，已成功地揭示了爺爺的一些特點：耳長卻不喜人說三道四，無牙卻饞嘴，非常有趣。如果能選擇生活中的小事來表現，這個正直可愛的老人一定會給人留下更為深刻的印象。

36 他是誰？

學校：寶血會嘉靈學校
年級：小五
作者：許建穎

作文

他是我最了解的人，認識至今已有相當長的時間。他的頭髮烏黑濃密，臉龐圓溜溜的，有一雙炯炯有神的眼睛，可惜因為近視的緣故，鼻樑上還架着一副近視眼鏡。他的耳垂長得比成年人的還要大，嘴唇也厚厚的，牙齒不算太白，此外，他還有一個胖嘟嘟的身軀，因此經常被人誇讚長得有「福氣」。

他跟我是知己，對於他的事情，我無所不知。小時候，他的趣事更數不勝數！那時的他，天真爛漫，活力十足，有一樣玩具最能討得他的歡心，就是皮球。每當他抱起皮球，大家就會聽到他那脆生生

點評

- 開篇寫肖像，突出了人物的特徵。
- 描寫很形象，表現了人物「有福氣」的特點。
- 二、三段寫幼時的可愛頑皮。
- 四字短語的使用使語言活潑生動。

的「咭咭」笑聲。只見他津津有味地玩着手上的皮球，一會兒在地上一下一下地拍皮球，一會兒用盡全力把皮球扔給身邊的人，然後口齒不清地示意對方把球扔還給他，真是玩得不亦樂乎。

- 擬聲詞的使用很能引起人的想像。
- 具體寫人物愛玩皮球的情景，描寫細膩生動。

除了愛玩皮球，他還是一個不折不扣的搗蛋鬼，喜歡到處打鬧，即便是「兇神惡煞」似的爸爸也拿他沒辦法，甚至還要出盡法寶來逗他高興。回想起那時的情景，讓人覺得十分有趣。

- 反襯手法，以爸爸的「兇」襯托人物的調皮。

時光飛逝，他已是一位小學五年級的學生了，雖然還算聰明，成績也挺不錯，卻多了個毛病：愛說謊。有一次，他告訴爸媽要去同學家做功課，實際上卻躲在外面偷偷玩電腦遊戲。那天他回家後，發現爸媽陰沉着臉在客廳裏等他。一見到他，爸爸劈頭就問：「你是不是又去玩電腦遊戲了？」他心懷僥倖，不肯承認，還嘴硬說：「人家

- 四、五、六段寫長大後在爸媽的教育下改正了說謊的毛病。
- 由「兒童」到「小學生」，過渡自然。
- 撒謊以及謊話被識穿的過程十分具體生動。

明明是在和同學一起做功課嘛！」最後媽媽生氣地說：「我們已經給你同學打過電話了，他說你根本沒去他家！」

謊話被揭穿了，正當他認定自己會被痛罵一頓時，爸媽竟然沒有罵他。爸爸歎了口氣，嚴肅地告訴他：「我們經常在報紙上和電視上，看到一些孩子因為說謊，最後誤入歧途，犯下了嚴重的錯誤……」

● 運用心理描寫、神情描寫、語言描寫等，表現出人物在爸媽的教育下，由不承認到害怕被責罵，再到心悅誠服地改正錯誤的過程。

就這樣，爸媽沒有咄咄逼人地責罵他，而是套用他們的人生經驗，對他循循善誘、諄諄訓誨，希望他不要再說謊。他被打動了，十分羞愧地向爸媽保證：「我一定改掉說謊的壞習慣，再也不會令你們失望！」

說到這裏，大家心裏是否有一個很大的疑問，想問問「他」究竟是誰？他是我的朋友，還是我的兄弟呢？哈哈，其實，我最了解的人就是我自己呀！

● 結尾設問，照應開頭，揭曉謎底，語言風趣幽默。

總評及寫作建議

本文主要寫「我」最了解的人——兒時頑皮、現在懂事的「我」。

文章構思非常巧妙，開頭設疑，激發讀者的好奇心理，直至結尾才揭曉謎底。本來是寫自己，卻通篇稱「他」，從他人的角度，以第三人稱來寫自己，會讓人產生既熟悉又陌生的感覺，切入點非常獨特。

開篇的肖像描寫較為出色，按照由上而下的次序寫外貌，而近視鏡、大耳垂、不算太白的牙齒、胖嘟嘟的身材等描寫真實有趣，用語質樸，寫出了人物的特點。

文章首尾呼應，結構完整。內容上，按照時間順序安排材料，寫兒時的頑皮與現在的懂事。詳略安排得體，對於事件的敍述較為詳細，對人物的表現也比較到位。

小學生在寫人作文中，往往容易忽視寫事，而寫人時離不開寫事，只有在事件的描述過程中，人物的性格特徵才能得到體現。

本文在表現自己兒時愛玩球的特點時，描寫細膩，形象生動；在寫自己說謊以及謊話被戳穿的經過時，也十分具體生動；在描寫爸爸媽媽的教育讓自己改正愛說謊的毛病時，小作者運用了多種表現手法，寫出了自己由開始不承認到後來心悅誠服地改正的過程，而不是用一兩句話的簡單交代就草草收筆，因此描寫能讓讀者信服。

作文加油站

詞彙寶盒

蹤影　打擊　寂寞　挽救　榮譽　腐蝕　相繼　鼓舞

幹勁　證實　提煉　奮鬥　震動　坎坷　磨練　奇跡

認定　樸素　妝扮　撒嬌　理會　見聞　分擔　年邁

惦念　懷念　目睹　紅潤　慈祥　樸素　儉樸　關懷

開朗　搗蛋　法寶　陰沉　僥倖　揭穿　認定　痛罵

嚴肅　保證　心靈相通　依依不捨　爭先恐後

艱苦歲月　與世隔絕　渾身乏力　筋疲力竭　出人意料

無私貢獻　毫無保留　心如刀割　自怨自艾　重新振作

堅毅不屈　自強不息　孜孜不倦　得償所願　廢寢忘餐

全神貫注　真憑實據　風土人情　蠻不講理　用心良苦

形影不離　鐵石心腸　與眾不同　不辭勞苦　五體投地

年事已高　奔波勞碌　左思右想　說三道四　聚精會神

體貼入微　不折不扣　兇神惡煞　諄諄訓誨　咄咄逼人

佳句摘賞

- 白婆婆只是愣了一下，輕輕地搖搖頭，依然面帶着微笑，慈祥地看看眼前啄食的鴿子，然後緩緩地將手裏的麪包屑放下，轉身慢慢地走了。

- 月復一月，年復一年，光陰像流水般緩緩流逝，居里夫婦度過了八年的艱苦歲月。
- 一見這情形，她立刻丟下手上的清潔用品，向那老婦人跑去，然後小心地扶着老婦人走上了樓梯。她一邊爬樓梯，一邊跟那老婦人聊天。很快，她溫暖的話語讓老婦人解開了緊鎖的眉頭，露出了開心的笑容。
- 他的耳朵長長的，但不喜歡聽別人說三道四；他口裏的牙齒全是假牙，卻沒有影響他「饞嘴」的習慣。

在寫作中，為了突出某種強烈的情感，作者有意識地賦予客觀事物一些與自己的感情一致、但實際上並不存在的特性，這種修辭手法叫「**移情**」。如《白婆婆》一文的第三段：「只見幾隻鴿子不住地舉頭探望，像在到處尋找着她的蹤影。沒有了白婆婆，那些鴿子樣子似乎很可憐。」就成功地使用了「移情」手法。

運用「移情」手法，可以將主觀的感情移到事物上，反過來又用被感染了的事物襯托主觀情緒，使物、人一體，能夠更好地表達人強烈的感情。其運用要訣是「移人情到事物上」。同學們平時要細心觀察生活、體悟生活，多嘗試將個人的主觀體驗移到客觀的事物上去，寫作時才能嫻熟運用這種修辭手法。

1. 選詞填空：

年邁　　懷念　　儉樸　　奮鬥

得償所願　　左思右想　　體貼入微　　廢寢忘餐

(1) 「不經歷風雨，怎能見彩虹」這句話是我＿＿＿＿＿＿＿的格言。

(2) 母親照顧孩子總是＿＿＿＿＿＿＿，常為他們操心，把最好的東西都給他們。

(3) 小蓮終於＿＿＿＿＿＿＿，被一位導演選中擔任影片的女主角。

(4) 她決定退休，把全部的時間用來照料＿＿＿＿＿＿＿體弱的父親。

(5) 他專心致志於研發新藥的工作，已經達到了＿＿＿＿＿＿＿的地步。

(6) 父親一生＿＿＿＿＿＿＿，儘管有人譏笑他吝嗇，他也毫不理會。

2. 下列哪個句子沒有使用「移情」手法？

(A) 感時花濺淚，恨別鳥驚心。

(B) 彎彎的小河像一條柔軟的帶子，飄向了遠方。

(C) 畢業了，離開學校時，看到校園裏的道旁樹，我想，它們一定也感到依依不捨吧。

（D）春天到了，花兒都開了，蜜蜂在花叢中飛來飛去，顯得既忙碌又興奮。

答案：＿＿＿＿＿

3. 續寫下列句子：

（A）聽說我的作文在聯校作文大賽中獲獎了，＿＿＿＿＿＿＿＿＿＿＿＿＿＿＿＿＿＿＿＿＿＿＿＿。

（B）我最尊敬的人是爺爺，＿＿＿＿＿＿＿＿＿＿＿＿＿＿＿＿＿＿＿＿＿＿＿＿。

（C）阿姨總是打扮得花枝招展，＿＿＿＿＿＿＿＿＿＿＿＿＿＿＿＿＿＿＿＿＿＿＿＿。

（D）在一次偶然的機會下，＿＿＿＿＿＿＿＿＿＿＿＿＿＿＿＿＿＿＿＿＿＿＿＿。

（E）最了解我的人，＿＿＿＿＿＿＿＿＿＿＿＿＿＿＿＿＿＿＿＿＿＿＿＿。

答案

作文加油站（一）

1（1）無微不至 （2）優雅 （3）不知所措 （4）視察 （5）老當益壯
（6）急躁

2 A

3.（參考答案）

（A）外公穿着一套淺色中山裝，手裏握着一根拐杖站着。

（B）我生病了，媽媽無微不至地照顧我。

（C）小雅和我是好朋友，我們無所不談，相信會當一輩子的好朋友。

（D）我十分感謝同學們在生日時送我的禮物。

（E）我今天從電視裏看到關於貧困地區的報導，令我有所感觸。

作文加油站（二）

1（1）名列前茅 （2）乖巧 （3）黯然失色 （4）敬愛 （5）威嚴
（6）悶悶不樂

2 C

3.（參考答案）

（A）聽說祖母去世了，我感到十分不捨和悲傷。

（B）弟弟是個運動健將，經常在運動比賽中獲獎，為校爭光。

（C）陳老師的眼睛像X光，我們都不敢在她面前放肆胡來。

（D）看到媽媽小時候的照片，發現她的眼睛和鼻子與我有幾分相似，十分奇妙。

（E）在眾多親友中，我最喜愛爺爺，因為他常常和我們玩。

作文加油站（三）

1（1）井井有條 （2）勸導 （3）有教無類 （4）喧嘩 （5）日積月累 （6）懶惰

2 B

3.（參考答案）

（A）妹妹很容易害羞，一看到陌生人就躲起來不敢見人。

（B）我的偶像是劉翔，因為他擁有不屈不撓的精神和毅力。

（C）我最欣賞的人是媽媽，因為她對我們的照顧總是無微不至。

（D）那天一回到教室，就從同學口中得知數學科有突擊測驗，令我們都緊張起來。

（E）奶奶的年紀大了，但仍然充滿活力，每天堅持運動，保持健康身體。

作文加油站（四）

1（1）哀怨感人 （2）炫耀 （3）遮風擋雨 （4）傑出 （5）旗開得勝 （6）取笑

2 D

3.（參考答案）

（A）阿梅就像一隻百靈鳥，她唱的歌都十分動聽悅耳。

（B）我夢見自己變成了一隻蝴蝶，在花間翩翩起舞。

（C）李叔叔為人開朗，他總是笑容滿面，待人友好，大家都很喜歡他。

（D）記得我讀幼稚園的時候，每天都有不同的學習活動，過得十分快樂。

（E）我永遠不會忘記爺爺那慈祥和藹的面容。

作文加油站（五）

1（1）羞答答 （2）滋潤 （3）津津有味 （4）討價還價 （5）照顧
（6）語重心長

2 A

3.（參考答案）

（A）回到家裏，我就迫不及待地打開電視機觀賞卡通片。

（B）媽媽生氣了，因為弟弟把她最喜愛的花瓶打破了。

（C）老師對我們提出的問題總是詳盡地解答，從來沒有不耐煩的時候。

（D）放學後，我和小美一起到圖書館看看近來有甚麼新的書本。

（E）我一直很想感謝的人就是王老師，因為她總是循循善誘地教導我們。

作文加油站（六）

1（1）小心翼翼 （2）躲避 （3）躊躇滿志 （4）疲倦 （5）議論紛紛
（6）安慰

2 C

3.（參考答案）

（A）雖然爸爸一向很疼我，但是因為忙於工作，很少時間陪伴我。

（B）約好了見面，姐姐卻沒有出現，我急得如熱鍋上的螞蟻般緊張。

（C）小明不但學業成績好，而且心地善良，樂於助人。

（D）媽媽每天總是很早起牀，因為她忙着為我們張羅早餐和做各種家務。

（E）從現在開始，我們當一輩子的好朋友，好嗎？。

作文加油站（七）

1（1）奮鬥 （2）體貼入微 （3）得償所願 （4）年邁 （5）廢寢忘餐 （6）儉樸

2 B

3.（參考答案）

（A）聽説我的作文在聯校作文大賽中獲獎了，我的心情既興奮又激動。

（B）我最尊敬的人是爺爺，他慈祥又淳樸，伴着我們成長。

（C）阿姨總是打扮得花枝招展，像個十八歲的姑娘似的，十分惹人注目。

（D）在一次偶然的機會下，我發現爸爸其實非常疼愛我。

（E）最了解我的人，莫過於我自己。

鳴　謝

《作文自學班》編輯部由衷感謝下述　學校

之鼎力支持和誠意配合本書的出版

九龍塘宣道小學

仁愛堂田家炳小學

弘立書院

協恩中學附屬小學

保良局錦泰小學

浸信會沙田圍呂明才小學

聖方濟各英文小學

聖公會青衣主恩小學

聖若瑟英文小學

嘉諾撒聖心學校

滬江小學

寶血會嘉靈學校

(排名不分先後，以學校名字筆畫數為順序)